美[illegible]魚的逆襲時代

Chinese Mermaid

張祝萍 著

推薦序一

獨一無二的《美人魚的逆襲時代》

恭喜親愛的好同學張祝萍出書了，她這本自傳小說《美人魚的逆襲時代》，藉由來自臺灣的莉莉安和出身美國白人菁英家族 WASPs 的修兩人的異國戀情，紀錄一九九零年代初期在臺北、洛杉磯與紐約三個城市之間的種族歧視、職場霸凌、親情勒索與文化衝突，最重要的是，如何在重重壓力之中活出自我。

我和祝萍的相識很奇妙，我們唸同一所高中不同班，同一所大學不同系，畢業後都到美國唸書，但從不相識，甚至在高中畢業的三十重聚傳統，也沒機會認識。後來因為老同學新朋友交錯，開啟了我們的緣分。得知她在律師工作之外，花了五年寫了英文自傳式小說，正著手寫中文版。我有機會先睹為快，每一個字都好看，這是她用時間和眼淚成就的書，因為「寫著寫著每想一回哭一回」，恭喜祝萍晉身作家。

祝萍寫當年她在紐約律師事務所遭遇的種族歧視，三十年過去了，種族問題現在依然是美國社會嚴重而且必需嚴肅面對的事。

祝萍的文字有強烈的畫面感，像極了劇本。她這樣寫母親的手：「我愛媽媽溫柔的撫摸。她的指尖粗糙，帶著為維持生計，在婚紗上縫製無數珠子所生的老繭。」

而文中莉莉安與修，原本一度要分手，沒想到「生離」卻因為一場差點「死別」的重大車禍，讓他們的人生軌道不斷交織，即使在強調個人自主獨立的美國，莉莉安依然要面對修的家人，而且因此衍生更多文化衝突，有時連吃水餃，都讓莉莉安感到難堪！覺得「原來親情那麼傷」。

然而，所有傷痕，在信仰愛情的莉莉安心裡，都可以用愛修補。書裡提到，修曾經跟莉莉安說，「沒有兩片雪花是一樣的，即使肉眼所見幾乎相同，因此我為雪花的獨一無二著迷。」《美人魚的逆襲時代》，正是這樣獨一無二的作品，珍貴而且令人著迷。

媒體工作者

謝幸吟

推薦序二

一本讀了停不下來的書

張祝萍律師和我因為對古典樂的熱愛而相識，拜讀她在美國的奮鬥史，讓我想起自己十三歲時，還不會講德文就隻身前往奧地利學藝，十五歲後開始接表演、四處比賽賺取生活費，獨自努力度過旅外時光。雖然我們一個在歐洲，一個在美國，但是面對異鄉的孤單，文化的差異，種族的歧視，那個中滋味，不由生出心有戚戚焉之感。

即便是艱難的環境，祝萍始終堅持努力不懈，法律工作之餘還不斷精進寫作技巧，更重新學習古典鋼琴，至今超過十五年。她的多才多藝，就像我崇拜的蘋果創辦人賈伯斯，曾在大學時期跑去學藝術，潛移默化後，造就了今天銷量冠軍的 iPhone。蘋果的產品除了科技上突破，還擁有獨特的藝術底蘊，讓大眾為之傾倒。而祝萍的筆鋒，更有一份洞透人心的幽默感，一旦開始翻閱，讓人停不下來，想一氣呵成讀完全書。

技術永遠可能被超越，但藝術價值可以影響百代人。在疫情紛擾，人心浮動的世情下，我非常樂意向大家推薦這一本書，和各位共同分享文學和音樂之美。

國際鋼琴大師
陳瑞斌

各界好評推薦

認識張祝萍近三十年來，我們每隔一段時間就會分享彼此的人生故事，我總佩服她滿腹文章，又能看透人情世故。最近拜讀了她的傳記故事，我才明白，原來她年輕時在異國的生活，就已經歷了比電視八點檔還有戲的遭遇，交手的對象從多金苛薄的大律師、歇斯底里的準婆婆、一再親情勒索的父母，還有鬼門關前走一回的男友。有時像極了男版的Cinderella，難怪她能參透許多逆境哲理。

這是一部真情創作，書中有深刻的人性剖析，也有娛樂性十足的故事發展，千萬別錯過。

資深媒體人（自由譯者）

藍美貞

作者祝萍是我高中儀隊的伙伴。我是黑槍，一分隊中的矮子，她是技術高超的白槍（旗隊）。二〇一八年，趁祝萍回臺探親之際，我的霹靂秀，錄了一個短視頻，聊她在美國學英文的過程，大受好評。在本書第十章〈投資自己，跟奧黛莉赫本的老師學英文〉中有更詳細的描述。

看了她的書稿，才發現以前她輕鬆聊的過往，原來是驚濤駭浪。祝萍一路過關，我又更加佩服她了！霹靂深情推薦，《美人魚的逆襲時代》是值得細讀的好書。也希望美人魚的珍珠已足夠，不要再落淚了！

名主持人霹靂張（證券分析師）

張致嫻

這是一本發人深省，體現真實、內容豐富又精彩的小說。作者文筆精煉，善用隱喻，文中充滿因時空交融所碰觸的人生議題，包括親子問題、性別問題、語文教育、種族問題、跨國婚姻、生命價值以及跨語言文化交流的難題。很期待作者後續的英文版，將可作為中英雙語跨文化交流的絕佳學習教材。

國立臺灣師範大學華語文教學系暨研究所教授

曾金金

世情蒼茫，何曾想到有今日之厄。人生之樂，逐夢踏實！數十載浮沉，深有同感。願祝萍的書，能撫慰萬千在追夢路上的人，也能充實而努力的享受生活。

秀傳醫院急診部總監級主任

黃炳文

祝萍的書一如她的人，正直勇敢卻也細膩溫暖，她的文采佳感情更是濃郁，透過她的人生經驗，我們肯定美人魚的逆襲成功，但美人魚的眼淚化為珍珠的光彩才是人生的精華篇章。誠心推薦這本勵志的好書，更期待祝萍未來的許許多多的好書。

美墨跨國塑膠企業財務長

吳美燁

《美人魚的逆襲時代》是一位優秀女性在整個社會環境的刻板印象中，無畏地披荊斬棘。異國戀情、親情糾葛、種族歧視的經歷非但沒有擊倒她，反而使她更加勇敢積極。因為走過，所以更加懂得，更加珍惜。對所有正在努力的女性，這本書了將帶給你莫大的勇氣。

德內儿國際兒童助學會執行長

吳思瑩

讀畢《美人魚的逆襲時代》，回憶起留學生活的許多點點滴滴，也更完整串連起祝萍跟我述說的一些過往的故事。真覺不捨祝萍在紐約的艱辛處境，但也更佩服祝萍追尋夢想和愛情的勇氣，無怨無悔，忠於自己！

祝萍的文筆流暢，故事精彩，令我欲罷不能，一口氣看完。很期待後續能讀到更多美人魚祝萍的豐富生命故事！

好時樓好友，現任職陽明醫學院

Joan

作者序

謹以此書，獻給我親愛的姊姊和摯愛的夫婿。

感謝每位在出書過程中給予我幫助的好朋友，以及家人和讀者的支持和鼓勵。尤其是小哇總編、榮威主編，和諸位出版社同仁的努力，協助完成此書。

人生風雨不斷，唯有堅持本心，珍惜過程中經歷的快樂與悲傷，體驗各自的精采，化剎那為永恆。願所有人心中的美人魚都能活出一個喜樂幸福的自我。

目錄
CONTENTS

第一章

女人眼淚是珍珠

愛情與麵包，到底哪個才重要？

臺北一九九一年五月

聽說人魚的眼淚會化為珍珠，我停止哭泣。

那年我二十三歲，二十四，或者二十五歲。在美國，年齡是祕密，每個人都希望更年輕，所以我是二十三歲。華人的算法，懷胎九月是一年，我是二十四歲，由於我出生於十二月十號，一過農曆新年，很快就是二十五歲。

在父親眼裡，二十五歲意味著找對象的時刻來臨。每當電視新聞報導成功的單身女性，他就會搖頭大聲說：「太厲害沒人要。」然後帶著關心的眼神掃過我。記得那時窗外下著轟隆隆的雷陣雨，我背靠著老舊黑沙發，瞪著父親從垃圾場撿回來的布穀鳥鐘，聽他高談禮教規矩。

「女人一生最重要是相夫教子，做老姑婆會被鄰居笑。」父親說，雙臂交叉在胸前。

「干別人屁事！我只想為自己活。」我悄悄把腳從沙發放下地板，準備閃人。

「女人像部車，越舊越不值，你會像你姊一樣，變成剩菜一道。」

「咕咕！咕咕！」從時鐘裡跳出來的小木鳥嚇我一跳，害我咬到嘴唇。「我是好酒沉甕底，越陳越香，而且我要去美國念書。」

父親的眼睛睜大一秒，就因憤怒而瞇起來。「書讀太多很難嫁，為什麼你不能像個好女孩，乖乖待在臺灣考公職呢？」

我開始握拳，感覺到前額靜脈的隱約悸動和傳統束縛的荼毒心脈。「我厭倦做個好女孩，誰在乎婚姻呢？我要自由。」

「美國有什麼好？你是華人會比黑人更慘。」父親像困坐牢籠裡的老虎一樣來回踱步。

「你不懂，那是我的夢想。」

「夢想能當飯吃嗎？真不聽話，早知道就不要生你這個賠錢貨！」他揮著食指對我罵。

怒氣在心中沸騰，我衝出客廳，回到房間躺在床上，讓心中的黑洞吞噬我的冀望，眼淚像水壩洩洪般的宣洩而下，我用手摀著嘴，避免哭聲從我家的薄壁漏出。盯著天花板上的水漬和霉斑，父親的話在我腦海不斷重播，一寸一寸地深擊胃壁。他是對的嗎？為什麼要去美國呢？閉上眼睛不斷地問自己這些問題。

七歲那年，讀了小美人魚的童話故事，小美人魚從海中拯救王子，後與女巫達成交易，放棄她的聲音來換取人類的雙腿，以便和她的真愛一起生活在陸地上。對我而言，美國就像王子所在的地方，我渴望體驗西方的生活，去流浪冒險，而不是凡事聽從父母的安排，當一輩子的乖乖牌。因為我知道一旦留在臺灣考照工作養家，再也沒有勇氣出國留學了。

尤其是上大學後，與父親間的口角日增，那些「都是為你好」的起手式，「不聽老人言」的中段場，加贈「翅膀硬了想飛」的最終回，鈍刀子割肉的壓力，讓人不免生出離家千萬里的念頭。唯有母親，始終讓我牽掛。這次與父親爭執後，母親一如往常，到床邊看著哭泣的我。「聽過人魚眼淚的故事嗎？」

「沒有。」我試圖從床上坐起來。

婚前是小學代課老師的母親，總有說不完的鄉野奇聞。「傳說古代有鮫人，就像西方的美人魚，當美人魚和她的人間的伴侶分別時，她流下的淚珠，轉化成珍貴的珍珠，希望她的伴侶永遠記住她的愛和支持。下次觀察你祖母的珍珠項鍊，有可能看到美人魚的側影。」

「奶奶如果發現美人魚，會把她鎖起來，開始賣珍珠。」

母親輕笑，她彎彎的耳廓和天鵝般的頸項，優雅而美麗。「對你奶奶來說，生意最重要。記住，美人魚不能哭太兇，不然會生病的。」

「我又不是美人魚。」

她拍拍我的手。「人也一樣。中醫說，生氣是影響健康的七情之一，哭太多干擾肺部平衡，人容易感冒、發燒發冷、喉嚨痛、流鼻水、頭痛、氣喘、胸悶和皮膚乾燥。」

「停下來，別嚇我。」我拿起棉被的一角擦乾眼淚。

母親梳櫳我的亂髮，綁成兩條辮子，修長的手指撫觸著我的頭皮。我愛媽媽溫柔的撫摸，她的指尖粗糙，帶著為維持生計，在婚紗上縫製無數珠子所生的老繭。她纖細的眉毛指向精緻的鼻子，瓷器般皮膚在窗戶的光線下光滑可鑑。對我而言，她像是某種水中精靈，總是知道該說什麼。

「給你父親一點時間，他會想通的。」

「可是我們家沒錢。」

「天無絕人之路，總會有辦法。」

我們去哪兒找錢呢？我只知道一個邪惡海巫，就是我父親的母親，錢樂金。這個名字最適合她不過，因為祖母喜歡黃金勝於世界上任何東西，她收藏黃金，去哪都穿戴金飾。雖然她沒受過一天的正規教育，在五十歲後由零開始，靠放高利貸起家，建立了一個商業王國，但是分享好運從來不在她的人生計畫中。更何況她向來信奉，拿人錢財與人消災，遲早都要還的。

記得奶奶帶我參加過房地產開發商的會議，建商背景是當地的幫派分子，他在會議室裡，揮著開山刀，要求分到更多的利潤。奶奶平靜地叫我去拿杯滾燙的茶，然後偷偷對我說，如果她把熱茶潑向黑道大哥的臉，我就衝出去求援。最後，奶奶隻手贏得談判，而其他地主則因壓力而屈服。從那天起，她成為我眼中的巨人，儘管她身高還不到一五零。她是我夢想計畫中最不想見的人，但沒有她，我去不成美國。

母親說服父親，安排了這場決定命運的聚會，我告訴自己，成大事者不拘小節，硬著頭皮到奶奶位於臺北市精華地段的豪華公寓去見她。

奶奶問我：「凡事皆要付出代價，你準備好了嗎？」她穿著手工剪裁的旗袍，頂著彷彿剛 setdo（臺語）好的完美髮型，配著一張百年不變的臉。我盯著她的鷹勾鼻，覺得自己是老鷹的囊中物，又像是滿口喊獨立的假道學，可恥地屈服在金錢權勢下。但是機會來了不把握，是和自己過不去，因為奶奶博名聲，我正需要錢。母親說做人要能屈能伸，將來的事將來再說。

「跟我來。」奶奶伸出精修美甲的手，將她的鱷魚皮包包遞給我提，然後手勾著我的手臂。

「陳老太太，什麼風把您吹來？」銀行經理微笑著領我們進他的辦公室。

「我要領三萬美金，孫女要去美國念碩士。」奶奶輕拍我的肩膀。

「你奶奶好愛你，你非常有福氣，」經理皮笑肉不笑地對我說，遞過來一張支票。

人生如戲，全靠演技，我回報一個同款的虛偽笑容。「她是全世界最棒的奶奶。」

奶奶驕傲地淺笑，挺著雕塑般的尖下巴，滿足的眼幾乎閉成一條線。我看著手裡的支票，彷彿是熱鐵烙膚。奶奶和我走出銀行，下午的艷陽撲面而來。

「三萬美金只夠念一年，你會贊助第二年嗎？」

奶奶輕笑出聲，露出她紅唇下的一口完美假牙。「先回來，有計畫給你。」

「如果我不想參加呢？」

如深潭般黝黑的兩隻眼睛盯著我。「醫學院要念七年，很貴的，誰付學費呢？」

她的話如當頭棒喝，我差點忘了小弟還要靠奶奶替他付醫學院的學費。她是個不費吹灰之力即可點石成金的人，我懷疑要到哪時，才能有錢到脫離她的魔掌。

六個星期後，我買了張單程機票，飛越六千英里的太平洋，到加州大學洛杉磯分校（UCLA）的法學碩士班註冊。住在校內的宿舍裡，覺得自己像海綿一樣，無論好壞，吸收周圍一切的訊息。校園裡，到處貼滿提倡多元文化的海報，起初我以為是宣傳即將在洛杉磯舉辦的一九九二夏季奧運，直到臺灣同學會會長吳鯨跟我解釋，我才明白自己的錯誤，果然學無止境。

有一次，在校園外的衛斯伍德區（Westwood）閒逛，馬路上一部車減速靠近，車窗搖下，一個黑女人探出頭來對我喊：「Yellow ho! Yellow ho!」

Yellow horse? 她說什麼呢？黃馬？我四處張望，沒發現馬跡，想起早先看過警察騎馬巡邏，警察或許可以幫她。我彎腰靠近前座乘客的窗口，模仿她的口音，「Black ho（黑馬）、Police（警察）、There（那邊）。」

黑女人將她的菸頭丟向我，加速開走，我想她一定急著找黃馬，忍不住嘆息沒能提供更多的幫助。事後學長吳鯨跟我解釋 ho 在俚語中是妓女（whore）的意思，我氣得想罵髒話。

開學後我聽不懂教授的講課，沒法做筆記，同學們無人伸出援手。系老闆甚至對我說，如果再不進步，有可能被退學。「就像去年的日本學生一樣。」他冷冷地說。

焚膏繼晷地苦讀，但是表現差強人意，深怕被退學，壓力大到夜夜磨牙。當我在電話中向母親傾訴，她安慰我：「別煩惱，臺灣沒人查文憑。」

幾個星期後，在證券交易法課堂，教授問我對案例的結論和支持的理由，同意還是不同意？

我冷汗直冒，說完同意，大腦一片空白。「我，我想……」整個教室鴉雀無聲，大家看著我像個白癡，我當場冰封溺死在同學們嘲笑聲浪中，真希望地上冒大洞，把我一口吞下，從此消失。

身旁的一隻手突然舉起，轉頭一看，是三年級的博士生修，對我眨眼。他的臉充滿自信，一開口流露毫不費力的迷人風采，掌控整個教室，人人專注聆聽。彷彿天生贏家，修低沉的嗓音，神似我最喜歡的電視劇《洛城法網》（L.A. Law）裡的律師角色庫查克（Michael Kuzak）。如果我有任何法律糾紛，毫無懸念會立即聘請修。

下課後，我對修說：「謝謝你的幫忙。」

「小意思，我在馬德里學過六個月的西班牙文，對於做個外國學生，感同身受。」

「我的英文很差，可以跟你借筆記嗎？」

他將筆記遞給我。「當然，有任何疑問再告訴我。記著，你的中文總比我好。」

我們相視而笑，修的笑容似乎是出自本能的甜，帶著一點羞澀，不經意的暖流倏地圍繞我。他的唇色是淺淡粉紅，嘴角彎彎上揚，想到親吻他的樣子，我不禁臉紅。

每隔一週，修趁當法律服務中心義工輪休的空檔，花兩小時為我講解他寫的筆記。修身高大約一七六公分，有著稜角分明的臉龐，他告訴我，進法學院前曾做過兩年的油漆包商。當他在筆記本上奮筆疾書的時候，手臂上的肌肉優雅地若隱若現。

「可以請你喝咖啡嗎？」

「不用了，謝謝。」修輕點著他的筆記，暗示我要專心。他的拒絕讓我懊惱。像個緊張的青少女，低頭盯著自己的腳，我將雙手塞進牛仔褲的口袋，隱藏內心的忐忑不安。

修開口大笑。「跟你開玩笑的！我不喝咖啡，喝茶如何？」

我也笑了，內心充滿期待。

很快我們之間的關係，像茶葉泡熱水一樣澤然展開。課餘之時，我們一起去看電影，漫步在夕陽西下的威尼斯海灘（Venice Beach），交換讀過小說的心得，雖然我讀的是中文翻譯版，但無損彼此心靈的交流。修甚至和我在中國城的餐廳大啖鳳爪和海蜇皮，而其他桌的美國客人聽到我們點的菜名，紛紛投以異樣的眼光。我坐在修的車上，常常大聲唸著路上的廣告看板，練習英文。晚餐後，車子停在路口等紅綠燈，我想為修做些什麼，以表達我的謝意。

我指著對街「Palm Reading $5」的霓虹燈看板。「別在那裡浪費你的五塊錢，我願意給你一個免費的 hand job。」

修不可思議地看著我，低聲地說：「蛤！我賭你不知道自己在說什麼。」

「中文叫看手相，我有多年練習的經驗，相信我，你會喜歡的。」我自信的微笑著。

修大笑到眼角飆淚，接著把車停在路邊，給我一個溫柔的擁抱，輕輕地搖頭。「謝謝你的慷慨，改天吧。等你回學校後，問同學你剛才提議的意思，千萬不要向其他男人再說起，記住只能去問女同學。」他輕摸我的頭。

第二天，碩士班的同學蜜雪兒解釋，hand job的意思是打手槍，我差點噎住。「我的天啊！我需要離境，改名換姓。」

蜜雪兒笑著說：「修是有心人，要好好把握。」

週末時，修帶我坐快捷渡輪去卡塔琳娜島（Catalina Island）旅行，從山頂往下眺望港灣中如同繁星璀璨的遊艇。我們在拉古納海灘（Laguna Beach），聽著太平洋的潮汐拍打著岩岸。淡淡三月天，我們遠征羚羊谷（Antelope Valley）去觀賞加州有名的罌粟花開，那滿山遍野的橘色花朵隨風搖曳，令人讚嘆大自然擋不住的美，就像我們的愛情，也在這些美景下層層加溫，前仆後繼，動人心弦。海誓山盟果然需要上山下海，才能刻骨銘心。

正式交往幾個月後，我發現其實修非常忙碌。在法學院課餘的時間，他在法律事務所兼差打工，此外每星期的三個晚上，在法律服務社當免費的義工。他和我所認知追求社會地位和財富的絕多數男性，非常不同。我仰慕他靠努力工作來支付自己的教育費用，相反地，大部分的亞洲人靠家裡的支援來念研究所，包括我在內。更重要的是他尊重我不想有婚前性行為的要求，因為我的女友們在跟其他美國人第一次約會後，往往迫於壓力而上床。

修是我的 Mr. Right 嗎？走這條路，我就不會變成剩女嗎？我不知道修的家人能否接受來自臺灣的東方女子。此外，修已經錄取紐約市的一家律師事務所的工作，那是他在洛杉磯打工的總行。而我一旦從 UCLA 畢業，必須離開美國，因為我的學生簽證在畢業後一個月內到期。我的父母在臺北等著我，我還欠奶奶一屁股債，我不該為愚蠢愛情留下來，但我無法控制自己的心，總想奮力一搏。

修說：「沒試過，永遠無法得知生命帶來的驚喜。」他帶我去看 UCLA 法學院的就業輔導中心的徵才公告。

一位拉丁裔的婦女，畫著濃厚的紫色眼妝，長指甲上塗著大紅的指甲油，坐在輔導中心入口處的櫃檯後面。她掃描我們的學生證，對我揮著手說：「他可以進去，你不行。」

我不確定自己聽懂她的話，因為她說的英文有濃厚的口音。

「為什麼她不能進去看資料？她和我一樣付全額的學費。」

「這是學校規定，滾回你的國家，不要偷走我們的工作。」她說完後就埋首電腦螢幕前。

修身體往前傾向櫃檯，激動地說：「胡言亂語，我可以向 ACLU（美國平權協會）檢舉，你不可以這樣對待外國學生！」

她瞪大眼睛如銅鈴。「有問題，去跟主任抱怨，規定就是這樣，如果她現在不離開，我就叫保全。」她拿起電話筒，怒氣沖沖。

洛杉磯不是提倡多元文化嗎？還記得來美的第一週，校園裡貼滿令我混淆的海報。此刻內心燃起一把火，不知道她如何得知我是外國學生，證件上只有名字和學號，怪罪的是這張亞裔的臉孔。我的心臟狂亂跳動，修比我還生氣，他原地跺步，握緊拳頭。我不禁皺起眉頭，他為我做了許多，從替我修改作業，到提供他的舊電腦讓我寫畢業論文，我不想給他添麻煩。

此外系老闆對我並不友善，我害怕被貼上 troublemaker（搗蛋鬼）的標籤遭退學。於是我輕拍修的手臂，把他拉開往外走，我垂頭邁出大門，終於明白喪家之犬的寓義。

修對我說：「遇到這種糟心事，我很抱歉。」

「分手吧！我受夠了，是我滾回家的時候。」

「有志者事竟成，讓我再想想。」

修把輔導中心發給法學博士班的各大事務所資料冊借給我，幫我撰寫履歷表。我寄兩百封以上的求職信到洛杉磯的事務所，但是無人回應。相反地，我的碩士班同學蜜雪兒，一位來自法國的金髮藍眼美女，透過學校教授的介紹，很快在一家專精娛樂法的事務所，找到法律助理的實習工作。這家事務所表示，等她考上執照，就會升她作正式律師，並幫她申請綠卡。另外一位同學盧卡斯是德國律師，也找到了洛杉磯一家跨國事務所的律師工作。輔導中心甚至叫他們填寫就業表，把他們列入畢業前就找到工作的法學生記錄。

來自馬來西亞的律師同學山姆開導我，人總是習慣和自己相似的人做同伴。「他們歐洲人是美國人偏愛的型。」

現在我明瞭為什麼有些亞裔美籍人士將皮膚染白，動刀放大眼睛，可是我不要，我不想改變外觀，不想失去自我，修歡我不要放棄。「你只是需要找到適合你的工作。」

我決定打電話給母親，聽聽她的意見。

「小傻瓜，是我，你老姊，你打算在那裡待一輩子嗎？」

沒有，我頓時語塞。「奶奶過得如何？」

「活蹦亂跳！她在市議會大廳等你。」

「啥意思？」我沒敢忘記對奶奶的承諾。

「祕密呦！現在不告訴你，等一下，媽要跟你說話。」

媽媽興奮的語音穿透而來。「你爸和我下個月要去看你。」
「這趟旅行，你們哪來的錢？」
「你爸跟他的工廠申請員工貸款。」
「貸多久？」
「五年，我可以多縫一點新娘禮服幫忙還錢。」
一想到母親手指上的老繭和過度縫紉造成的視力減退，我的胃隱隱作痛。「我是個不孝的女兒。」
「畢業是大事，你終於可以回家。」
回家？那曾經是我在 UCLA 讀書的唯一目標，我數著日曆像是軍人在戰場上等退役。我甚至期許自己成為一個國際法的律師，賺錢幫助父母脫離祖父母的控制，但是現在不知該何去何從？不知如何告訴他們我計畫留下來。期盼愛情，也要兼顧事業，我不想雙手空空的回家，到底該如何是好？

第二章

黑人白人有緣人

違反父母的意願，就成了不孝女

洛杉磯 一九九二年五月

我沒有車，因為我買不起，在洛杉磯，沒車如同一個人沒有腳。我就像小美人魚，失去聲音換取人類的雙腿，卻發現窮到連腿也留不住。

除了沒車外，我還忙著準備法學碩士班的期末考，無法到機場迎接第一次來美國探視我的父母。

修問我：「希望我去接機嗎？」

「不用了，謝謝，他們不會說英文。」語言問題是我不曉得如何說服父母同意我的異國戀情的困難之一，因為修完全不懂中文。

同學會校友吳鯨的室友小馬，非常有義氣，幫我去洛杉磯國際機場接機。我快速地在試卷上作答，以便儘快趕到為父母預訂的旅店。

這個旅店我自己也沒來過，當我到達時，映入眼簾的是破舊走廊的褪色綠地毯，空氣中充滿漂白水的清潔味，天花板的角落掛著殘存的蜘蛛絲網。這間旅館是衛斯伍德區最便宜的一家，一晚三十美金，便宜無好貨。修告訴我，他的父母為了參加他的畢業典禮，早在 Bel-Air 五星級飯店，自行訂好一晚五百美金的套房。我總算體會金錢不是萬能，沒錢萬萬不能的窘境。

我輕敲房門，應門的是母親。母親年過五十，橢圓杏眼依舊明美，皮膚一樣光滑無暇，黑色短髮在兩鬢有零星點點的淺灰，膚色比我記憶中要暗沉。

她的美貌讓奶奶從媒人的相親本裡一眼挑中，美麗是幸也不幸，我的外公，為清償我母親的哥哥，生意失敗所欠的債務，收取奶奶臺幣一萬元的聘金，把母親嫁給一個陌生人，我的父親。基本上，母親像一頭牛被主人賣了，買賣基礎下的婚姻，風雨飄搖，相互厭憎，難以脫離，所以我對傳統式的盲婚啞嫁非常反感。

「媽，真開心見到你。」我進房後，本想給她一個擁抱，又怕西方禮儀會嚇壞她，改以輕觸她的手臂。父親躺在床上，緊緊地蓋著棉被。

母親抓住我的手，撫摸我的手指。「如萍，瘦太多了，還一直咬指甲。」她夾雜著關心和苛責說。

聽到母親喊我的中文名字，令人舒心，總覺得自己的英文名字，Lillian，像是我戴上的面具。由於學校的教授不會唸中文名字，我臨時看到校園裡開滿橘色的百合花後，隨意取的名字。

我把手從母親的掌中抽回。「沒事，這裡的食物很好，只是上課太忙沒空吃。」其實學校提供的自助餐點讓我難以下嚥，體重掉了七公斤，見到母親，讓我不禁懷念起媽媽的家常菜。

父親張開眼睛，從床上坐起來，他看起來削瘦，滿頭亂髮。「告訴過你，美國跟我們八字不合，你從來不聽。」父親邊說邊咳嗽。

「你還好嗎？」父親的濃眉蜿蜒，薄唇緊閉，像隻鬥敗的公雞懨懨無生氣。

母親搶著回答：「旅遊把他累壞了。」

我從浴室裡拿了塑膠杯，跑到外面走廊上的飲水機倒水，我將水遞給父親。母親從她的行李箱中取出一件咖啡色的蕾絲邊洋裝和兩個盒子。

「看我買給你的新洋裝，畢業典禮可以穿，這兩盒是鳳梨酥。」

「洋裝好漂亮，小馬和蘇菲亞最愛鳳梨酥了，謝謝。」接過光滑柔軟的緞面洋裝，我聞到殘存於布料上母親用的香草乳液的淡淡清香，撫摸著裙擺邊緣，母親縫上的閃亮珠片映出她對我的關愛，我將洋裝和餅盒放在門旁邊的地板上。

旅店的房間好小，沒有電視或茶几，只有一張單人床，母親必須打地鋪，因為雙人床的房型一晚要六十美金，超出我的預算。深深自責，父母為我犧牲許多，而我卻讓他們住這麼差的地方。

母親坐在一張白色的塑膠椅子上，我盤腿坐在地上。母親忽然問道：「洛杉磯的暴動是怎麼回事？導遊警告我們，看到黑人趕快跪下。」

「一個叫羅得尼金的黑人，被一群白人警察打了，後來警察都無罪釋放，黑人氣不過就發起暴動，尤其是在韓國城，所以現在有宵禁。晚上十點過後，我們就不出門。」

父親問：「這是黑人、白人和韓國人間不平等的問題，干我們老中甚麼事？」父親說完拍著袖子彈灰塵。

我試著想出最合理的解釋，雖然我也不是真的懂。「小馬跟我說過一個故事，在一九八二年，有一個華裔美國人，在底特律被兩個失業的白人汽車工人打死，原來他被誤認為是害美國汽車失去市場的日本人。總之，美國人看亞洲人都長得一樣。」

「兇手後來呢？」母親問道。

「這兩個白人，有被起訴但判緩刑，沒坐過一天牢。」

母親搖搖頭。「好不公平。」

父親嫌棄地看了母親一眼。「人世間充滿不公不義，我跟你媽說，不要跟黑人接觸，在櫃檯登記入住的時候，你媽甚至跟一個黑女人說哈囉。」

「話也不能這麼說，我在UCLA的國際學生顧問，非裔美籍，人就很好。」

「你太天真了，美國人有的是凶狠和暴力，尤其是白種人，身為外國人，你要隨時注意各種危險。」父親輕輕抬頭，前額青筋浮現，聲量不自覺提高。

為避免和父親起衝突，我點點頭，轉身向母親說：「想參觀學校和宿舍嗎？離這不遠。」

「好呀，趁天還沒黑，快走。」我媽很有默契的說，父親沒反對，所以我們一起離開。

父母親和我走過幾條街到校園內的學生宿舍「好時樓」（Hershey Hall）。穿著迷彩軍服，背著機關槍的國民兵，威武直挺站在街角。加州的太陽仍高掛空中，國民兵戴的墨色太陽眼鏡反射出金色光芒。軍隊的存在讓我緊張，好像隨時都有暴力事件發生，這一幕讓我想起臺灣的戒嚴時期，任何反政府的人都可能一夜消失。我無意讓父母看見美國醜陋的一面，洛杉磯應該是個生氣勃勃的安全城市，至少這是當地人告訴我的。

我們默默經過國民兵面前，父母親看起來有點擔憂，我的心也怦怦跳，這短短十五分鐘的路程，似乎像絲路那樣遠。終於，好時樓，一棟兩層樓的白色西班牙建築，如同綠洲中的城堡矗立眼前。走入中庭，姹紫嫣紅的九重葛爬滿磚牆，中庭花園中立著三層式的石頭噴泉池，周圍灌木叢前擺著兩張木座椅，經過花園時，可以聽見水滴從噴泉的頂端落下，伴隨鳥兒在樹上啾啾鳴唱。我帶著父母參觀位於一樓的食堂大廳和娛樂中心，遇上兩位從臺灣來的研究生，他們和我父母寒暄後，我們上樓到我的房間。
「小心！」我對父母驚叫，一腳踢開室友派特亂丟在地板上的空瓶。
「看看這裡，你怎麼住得下呢？」父親說。
母親問：「你還被汽水瓶內的蟲咬嗎？」
我搖搖頭。「我洗過她的汽水空瓶，把地板吸一遍去掉跳蚤和蟑螂。」
父親對我喊：「怎麼不叫你室友清乾淨呢？」
「派特說沒人能證明她的空瓶引來害蟲，她還威脅要去通報樓管，如果我繼續在房內吃泡麵。總之，我的破英文無法辯贏她。」
母親嘆口氣。「強龍不壓地頭蛇。」
父親狠狠地說：「我給你的瑞士小刀還在嗎？應該讓那賤人知道你的厲害。」
母親雙掌合十。「別聽你爸胡謅，感恩佛祖，你快要離開這兒。」
我問說：「你們想要喝點東西嗎？」
「你爸需要熱水，我想試試樓下冰櫃裡的香草冰淇淋三明治。」
我點頭，跑下樓，等我回頭把熱水和冰淇淋帶上來，看到父母臉上的笑容，總算讓我鬆口氣。
母親咬了一口三明治。「美國冰淇淋真的比較好吃，香醇濃郁。」

「勝在牛奶，牛不一樣嘛。」我點頭應和。

「是呀，美國牛就像他們的主人，大又肥。」父親輕蔑地評論著，在他顴骨高聳的臉頰上，雙眼間印著深深的一道皺紋。

我岔開話題。「你們團體旅遊到舊金山和拉斯維加斯，感想如何？」

父親噘起嘴唇，皺著眉頭。「糟透了！搞不懂優勝美地有什麼特別？臺灣多的是山丘和瀑布，拉斯維加斯太吵，賭博是在浪費錢。」

母親邊吃冰淇淋邊說：「大峽谷令人印象深刻，我喜歡玩吃餃子老虎，但你爸只想回房睡覺。」

我回應：「先去觀光真好，我到過海洋世界和優勝美地，還沒去過大峽谷。」

「有一天你會去的。好了，你父親想知道，畢業典禮後是否跟我們一起回家？」

「我……我還不行，正在等加州律師公會寄文件給我去報名律師考試，只要再多兩個月的時間。」

「為什麼要在這個爛國家待下去呢？」父親瞪著我等答覆。

我回說：「如果有美國律師執照，在臺灣更有身價，畢竟美國執世界牛耳呀！」

母親說：「想考照是好事。」

父親質問：「萬一考不上呢？」

「那就回家，總要讓我試一次。」

「繼續留下來，你奶奶不會給你任何金援。」

「我知道只能靠自己。」我難受地吐了一口氣，憂傷和厭倦如潮水席捲湧來。

父親點點頭，似乎滿意我的回答。「小馬，是你男友嗎？」父親在床上坐直，一臉嚴肅。

我差點被自己的口水嗆住。「不是，只是朋友，他要去哈佛念博士。」

「那就好，他長得太矮。」

「我跟你父親說過小馬不是你男友，不要這麼挑剔，小馬是個好孩子。」

「事實上，我在學校遇到一個有緣人。」

「真的？有照片嗎？」母親熱切地問，趕忙嚥下最後一口的冰淇淋。

我拉開書桌的抽屜，找到一張修將雷朋太陽眼鏡推到頭頂的照片，這是放春假時去卡塔琳娜島度假拍的照片。修深邃湛藍的眼底宛若一抹綠潭，兩道濃眉增添幾分肅穆，他長長的睫毛，深邃的五官和小麥色的膚色，顯得英氣逼人，相信母親會喜歡他。

母親看著照片好長一回。「很帥，像電影明星。對，像湯姆．克魯斯。」母親說完把照片傳給父親。

「他畢業後要幹嘛？不會是水電工吧！」父親像怒目金剛拉長臉。

唉！自從奶奶生意上的貴人，新大奶奶，她的女兒在波士頓念完大學後，嫁給一個白人水電工，奶奶沒少在新大奶奶的背後譏笑她，為此父親三令五申警告我不要跟做工的人交往。父親總喜歡提醒我，為什麼臺灣人在美國不會有好日子。

「沒有，他要去律師事務所工作。」

「那又怎樣？你在臺北也能找到事務所的工作，你奶奶還打算支持你去選市議員。」父親說完，一口吞下熱水。

現在我明白老姊在電話裡提到的祕密。記得奶奶總希望我們家出一個議員，將來運用政治力影響市政建設計畫，使她的房地產開發事業占盡先機。

奶奶曾說過：「贊助選舉比賄賂官員划算。」

「我也可以在美國找到好工作，」我看著母親說，尋求她的支持。如果她和我站同國，父親比較能接受修是我男友的事。

母親悲痛地說：「你要嫁給他，永遠待在美國。怎麼可以為個男人，放棄自己的前途？」

我被母親突然改變的態度嚇一跳，立即搖頭。「誰說要結婚？我只是想讓你知道我遇到對我好的人。」

「你忘記承諾過不會嫁給白人，剛才在樓下遇到的兩個學生，看起來就是不錯的對象。」母親說。

我啞口無言，出國前父母親曾要我發誓不會嫁白人，母親說嫁給野蠻人會傷父親的心。她還說如果我嫁黑人，她會告訴父親我失蹤，再也找不到了。那時我沒把她的話當作一回事，如今卻叫我隨意交往，只要是華人就好。

「你忘記臺灣的家人嗎？我為你的學費去求你奶奶，你卻輕易為個白人背叛我們。你讓家族蒙羞，是個沒用的女兒，我們現在就走！」父親從床上跳起來，隨時要奪門而出。

「別生氣。」我哭喊著，眼淚奪眶而出，心如刀割吋吋傷。

「打給航空公司改機票，我們不參加畢業典禮了。」母親邊說邊嘆氣。

我激動地站起來。「為什麼？你們才剛到，明天就要走？」

「你父親病了，洛杉磯一片凌亂，你大到可以自己做決定，我們還是離開比較好。」母親面無表情的轉身。

我淚流不止，原本應該是快樂的家庭團聚，被我搞砸了。

母親從她的皮包裡拿出一個信封袋塞入我的手裡。「這是我們在這場白費的旅程中省下來的八百美金，既然我們待不住，錢就留給你，好好照顧自己，其它我們無能為力。」

父親領頭走向房門，母親隨後跟著。

「至少讓我陪你們走回旅館。」

父親瞥了我一下。「還沒老到走不動，外面路只有一條，就是走下坡。」

「機票改好後再通知我們。」母親嘆了一口氣，將門關上，把我一個人孤獨的留在房內。

我震驚不已，乾涸的淚水如同蝸牛爬過留下的痕跡，甚至可以嘗到臉上的鹹味。世界好像在我面前一片片的毀滅，除了坐觀，無力反擊。愛上異族人有錯嗎？違反對父母的承諾，或許有錯，但是我沒有要拋棄事業前程，只是不想跟我父母一樣，綑綁在無愛的婚姻中，為什麼我就是壞女兒呢？

對父母講道理是沒用的，他們心證已成。我擦把臉，打電話安排回臺事宜，然後打到旅店對母親說：「明天十一點小馬會去接你們，我會和修分手。」

「真的？你爸很生氣，如果事先得知你會拋棄我們，他寧可去死。」

我的眼淚再次翻滾而下。「對不起。媽，我的快樂難道不重要嗎？」

母親停頓了一下，然後對我父親轉述我的問題。「你爸說，那他的快樂呢？」

多說無益，順從就是我們親子關係的主軸。當我收下父母剩下的所有現款時，我已經無法違逆他們的意思。我覺得父母對我用誘餌，就像奶奶賄賂官員以行己道。我應該感恩，卻無法不生氣，氣憤他們對我的控制，我告訴自己，事情本該如此，可是身體因恐懼未來而顫抖，試著深呼吸，但我無法停止內心的苦痛。我覺得累了，哭累了，跟命運對抗累了，看不到任何解決的辦法，沒有神奇的結局。

第三章

蒂芬妮不賣早餐

凡盡過最大的努力，不必為結果負責

在一九七〇年代的臺北，我時常陪著奶奶去參加扶輪社的活動，有一次奶奶的貴人，新大奶奶嘲笑奶奶穿著一件舊洋裝。「金妹，不要把小家子氣帶到我們扶輪社！外表就是你的敲門磚。」新大奶奶指指點點，其他姊妹淘聞聲附和，奶奶一臉尷尬地站在那裡像隻脫毛的雞任人宰割。我可以感覺奶奶身上散發的氣憤窘狀，像火爐一樣旺。

奶奶回家後，把新大奶奶的名字和那天的日期寫入她的黑色記事本。

奶奶一臉怨念的對我說：「我咒她不得好死。」

從那次開始，無論何時與新大奶奶聚會，她一定穿量身訂做的新衣。到一九八〇年代初期，新大奶奶帶著全家族從臺灣移民到美國，她在德州休士頓自營的超級市場內，半夜被搶匪射殺身亡。諷刺的是，新大奶奶是因為害怕中國共產黨打來，才逃離臺灣，卻還是沒逃過死劫。

奶奶在聽到新大奶奶的死訊後對我說：「我的詛咒每發必中，沒人能占我的便宜，寧可敵人流血，也不要自己流淚。」

「但她是你的貴人。」

「她也是我的對手。」

奶奶為什麼這樣對待她生意上的恩人呢？母親說因為奶奶錙銖必較，屬於寧可我負天下人的性格，她和新大奶奶是閨蜜，相愛相殺。因此即便我身在洛杉磯，依然可想像奶奶從她的金框眼鏡後冷眼看我，將我的名字寫入她的黑色死亡記事本來詛咒我，因為我念完碩士後，違背承諾沒回臺灣。赤裸裸的痛苦蔓延內心，這是我妄想逃離她的懲罰。在UCLA校園中，我像鬼一樣閒晃，把指甲咬到出血，自我迷失在恐懼和憂慮的深淵。無法想像還有什麼情況比現在還慘，事實證明沒有最壞，只有更壞。

從校園回到宿舍，我看到房間門口的地上躺著一個米白色的信封，信裡頭寫著加州律師公會決定我不能參加律師考試，因為外國法學碩士生，至少要修二十四個學分才能參加考試，而我少了四學分。

明天是碩士班的畢業典禮，我去哪裡修習額外的四學分？剛來美國時，曾詢問過系主任有關參加考試的可能性，系主任說我的簽證是來做學生，畢業後該回家鄉，不要搶本地人的飯碗，還不准我多修學分，理由是怕成績太差畢不了業，再加上就業輔導中心拒絕我進入，而考試簡章只要求外國學位須由特定機構計算學分，未提及此項規定，沒想到圍堵的後招在這裡。在別人的地盤上，出錯只能怪自己，我全身發抖，雙膝癱軟，跌坐在床上。電話不停地響，修留言數次，懇求我不要太快下決定分手。一想到他，我的心更痛，但是上天沒給我多餘的時間，奶奶正等我回去還債，再過兩個星期，宿舍到期，我必須搬走。

電話再度響起，我接起來。「你到底想幹嘛？」

「派特在嗎？」是個女性的聲音。

我的錯，以為是修打來，我輕柔地問：「她不在，我可以幫你嗎？」

「我是派特的母親，跟她說我們在樓下等她。」

「瓊斯太太，你好，我是派特的室友，你們想來樓上等嗎？」

「閉嘴！聽著，我知道你是誰，沒興趣跟你廢話，跟派特說我們在等她。」電話立刻掛斷。

她憑什麼對我兇？猛然想起派特曾說她父母是白人至上種族主義者，她的華裔美籍的男友不能到她家去，因此派特每晚和男友長途熱線三小時，八點到就把電話線拔掉去睡覺，我的朋友沒人可以打進來。

半小時後，房門開了又關，我拒絕張眼查看。

派特將收音機的電臺音量調到最高，脫下她的衣服，踢到地板角落。我微微張眼看著她裸露的屁股，背對我走向更衣室，她的皮膚慘白，手臂和上背滿是褐色雀斑，短短的雙腿，讓我想起剛進爐的烤乳豬。

派特換上粉紅色T恤和牛仔褲，對我表示先給她三百美金，因為她從宿舍搬走前，要把電話帳單改到我名下。

又是電話帳單？過去一年來，我月付一百五十美元給她，但鮮有機會使用電話。我從床上爬起來，雙臂插在腰間。「我不會再付錢。」

派特似乎不以為意，將她的衣物放入黑色塑膠袋。「不付錢，就取消電話。」

「騙子，我看過舊帳單，我的分最多付基本費三十元。」

派特驚訝地張開嘴，轉身關掉收音機。「亂說什麼？我要通報樓管。」

我張開雙臂，握緊雙拳，站穩馬步。「去呀！我會跟她說你騙我，在那之前，我要踹你屁股，然後跟樓管說你先攻擊我，大家都知道你待我如何。」

派特臉色發紅，放下塑膠袋，她盯著我像是鬥牛場裡那頭憤怒的牛。「你承諾過要分擔一半的費用。」

我的目光把她從頭到腳掃一遍，感覺手微微發汗，口乾舌燥，全身緊繃蓄勢待發，李小龍不是唬爛的，這將是我在美國的第一次戰役，我要她知道過去的妥協，不代表我的懦弱。「我在臺灣受過軍訓教育，你想保鼻子還是眼睛？」

派特沉重的呼吸聲充滿著突然安靜的房間，她驀地拿起話筒，說了幾分鐘的話後掛斷。「安排好了，從現在起，只能接聽不能打出去。」

我後仰大笑，伸出手刀投向她。「誰在乎？現在給我滾。」

派特嚇了一跳往後退一步，然後拿起她的塑膠袋行李衝出房間，把門重甩在身後，我吐出一口氣，跌坐在床上。

我的肌肉鬆懈，但勝利的感覺上身，早該如此行事，自怨自哀無法解決問題。

電話再度響起，來電顯示是修的號碼，我已經不再那麼沮喪，或許該給修一個機會道別，於是接起電話。

「為什麼打來，我們之間已經結束了。」

「你爸媽說了什麼？」

我開始嘆氣。「加州律師公會拒絕我的考試申請，我必須回臺灣。」

「不用分手，可以想其他辦法，雖然我還沒想好，總會有的。」

「長痛不如短痛，給我繼續的理由。」

「我知道這很難，讓我告訴你一首我最喜歡的詩，未曾選擇之路。林中曾分岔出兩路，我選了一條人煙稀少的路行走，於是一切景致全然不同。」

「很美的詩，你到底想表達什麼？」夢想很豐滿，現實很骨感。

「天無絕人之路，我在乎你，會盡其所能的幫助你。」修放低聲量，我能聽見他聲音裡的傷。

「你不能解決我所有的問題，去找個美國女友吧！再見。」我掛斷電話，不知道該怎麼做，繼續跟修交往嗎？自從早上考完期末考，都沒吃東西，不知不覺已是下午一點半，吵架真是耗體力。我晃到樓下的食堂大廳，遇上同學山姆律師，山姆出身政治世家，出生於首都華盛頓ＤＣ，他的父親曾是馬來西亞駐聯合國大使，山姆的童年在美國度過，在馬來西亞擁有自己的事務所。每當要交論文作業時，他傳真手寫稿回馬來西亞，他的祕書打字列印後，國際快遞回美。他告訴我來美進修的原因是因為他愛上了十九歲的電影明星，但是家族反對，只好出國讀書散心。

我和山姆領好午餐一起坐下，他問起雙親的行程，我據實以告，提到律師考試被拒絕，輕聲哽咽。我問山姆會想留下來嗎？因為他比我更有條件留在美國。山姆沉思一會，說來美求學這一年，讓他深刻感受愛情的重要，機會錯過就不會再來，因此他決定回馬來西亞跟他的女友求婚，這是他年長我十歲的經驗談，只要盡過最大的努力，無需為結果負責。

他說美國各州規定不同，可以到別州碰碰運氣。聽君一席話，勝讀十年書。我跟山姆擁抱道別後，火速趕到圖書館去調閱各州法條，翻讀臨近的州法，都和加州相似，我決定查紐約州的法律，因為修畢業後會到華爾街上班。一路看下來，規定和加州相同，都要二十四個學分，連老天都反對我留在美國吧。心灰意冷地讀到最後一條有關上訴的規定，提到若嚴格遵守所有規定會造成申請人過度的困苦，經過申訴，上訴法院可自由選擇改變或豁免任何規定。

Eureka! 身為痛苦專業戶，此刻的我可以洋洋灑灑的寫出一把辛酸淚，反正死馬當活馬醫，盡力而為吧！埋首奮鬥一下午，然後趕到校外的店去公證，再把信寄出，心中大石落下。不曉得紐約上訴法院要多久才會裁定，兩個星期後我又該搬到哪裡？我所能做得是抓住每個機會，其他只能交給老天爺決定。

畢業典禮後的第二天，修跑來找我，他穿著白色圓領運動衫和卡其短褲，面色凝重。他輕輕地擁抱我，在我臉上烙下一個吻，好像我是他失而復得的寶貝。

我問：「你爸媽呢？」

「已經回康乃狄克州。」

「他們只來兩天。」

「我爸是大型事務所的合夥律師，他的客戶川普，紐約的房地產大亨，臨時有急事把他叫回去。」

是呀，他們忙到畢業典禮一結束，急著叫修載他們去吃中飯，我和他們連一面也沒見上。

修帶我到西洛杉磯旁的龐斯區，一家叫做竹子的餐廳用餐，作為畢業慶祝。原本我以為是亞洲餐廳，沒想到是提供牙買加風味菜。我不確定是否喜歡這家餐廳，修說人生是一場冒險，凡事總有第一次。

修說：「八月分我正式上班，你可以搬來跟我一起住，到時情況會好轉。」

「我怎麼能和你同居？我都不知道你父母是否喜歡我。」其實我更害怕家鄉親朋好友的風語閒言，他們會把我當成沒名沒分就和白人同居的婊子。

修向我靠近，嗓音低沉而堅定。「我交過白人，日本人，西班牙人甚至黑人女友，我和誰交往都和我父母無關。」

「你想說有集郵全世界的習慣嗎？」

修停頓一下然後點點頭，邊笑邊看著我。「沒錯，大概有三百，很不錯的收藏。」

父親是對的，美國人果然愛亂搞，我不想變成一張明信片，男人隨手寄的紀念品。

「開玩笑的，我收藏紅酒不是女人，再給我們一次機會，如果不成，你隨時可以走。」

看著修真摯的笑容，我忘了眼前的困境，這不理性，我不應該留下，但是我不想失去一個在乎我，盡其所能想讓我快樂的人，我也希望他因我而快樂。人海茫茫，文化各異，我們找到自己喜歡的人容易嗎？

隔天，修開車從西岸越過內陸回康乃迪克州，準備七月分的紐約州律師考試。他每天在路上用公用電話打給我，晚上我聽著修臨行前留給我的音樂卡帶，思念他的聲音和笑容。

母親曾告訴我，她深信我的日子會越過越好，因為她結完婚後，我的外公就因胃癌過世，五年後，她的哥哥車禍死亡，留下失聰的太太和三個小孩。幾年後，她的母親因肝癌過世。如果我的母親在困苦的人生中，能夠撫養三個小孩長大，我實在沒藉口抱怨。

修回東部的兩個月後，有一天我從圖書館回到宿舍，蘇菲亞已經在房內。蘇菲亞是好時樓宿舍裡十一名臺灣留學生之一，她的外號是 Hello Kitty 小姐，因為她收集所有關於 Hello Kitty 的產品，包括咖啡杯，筆記本，髮夾，甚至面紙都有 Hello Kitty 的圖案。我的舍房到期後，她的室友轉學，她立馬讓我祕密借住她的房間。

蘇菲亞揮舞著手中白色的信封，「你的信。」看到信封上的寄件者是紐約法院，我的心七上八下，手抖到不行。拜託，千萬別又是回絕信。小心翼翼打開信封，逐字逐句默念，法官首先對延遲處理我的案件致歉，然後欣慰地表示，基於我的財務狀況和困難處境，決定豁免額外四學分的規定。

這算是苦盡甘來吧！我像隻猴子興奮地跳上跳下，搖著蘇菲亞的手，把信給她看。

蘇菲亞說：「你可以去吃蒂芙妮的早餐，叫修買個大鑽戒給你。」

「蒂芙妮沒賣早餐，我自己賺錢買珠寶，誰需要男人呢？」

「說到男人，你跟修炒過飯嗎？」蘇菲亞好奇地問我。

我瞪她一眼。「門兒都沒有，我的一個高中同學，念哥倫比亞大學，有吃避孕藥，但新婚那晚就中鏢了。」

「怎麼會？她可以告避孕藥製造商。」

「她服藥兩個月，以為有免疫力，所以洞房那夜就沒吃，我可不想冒險。」

「避孕藥又不是預防針。快去通知修，免得太晚。」

我打電話告訴修上訴的結果。「太好啦，跟你說過一切會好轉，你要有點信心。」

「是呀，因為你無所不知。」

修哈哈大笑。「紐約七月考試的報名已經截止，但你有更多的時間準備明年二月的考試，我也可以把溫習的資料留給你，八月我會去曼哈頓租房子，你只需要再多等一段時間。」

「一旦搬到紐約，我是你的同居女友，你有娶我的打算嗎？」

如果我父母知道我和男人同居，會嚇到心臟病發。小時候，老師總勸誡我們要保留童貞到新婚夜，一旦同居，我該如何面對修？畢竟短相遇一場佳話，長廝守相看兩厭。

電話那頭一陣冗長的沉默。「嗯，我才剛認識你，過些時間再決定我們彼此是否合適。」

他的回答令我失望，雖然我們只認識十個月，但我還是希望他會娶我，以避免同居的醜聞。「晚飯時間到，我要掛斷了。」

蘇菲亞拿起皮包。「我們出門吧！今晚要慶祝你的勝利。」

我同意，食物最能轉移注意力，一切都會迎刃而解。

第四章

臺灣首都是曼谷

雖不滿意但能接受，此心安處是吾鄉

紐約一九九二年八月

從洛杉磯中途轉停兩個機場，經過十二小時的飛行，我終於在破曉時分來到紐約市外的拉瓜迪亞機場，雙手緊抓著行李箱的把手，眼睛眺望四方，腦海裡的雷達到處尋找修的影像。

經過三個月的分離，不知道修對我有何感想，我們在紐約的生活會如何？放棄臺灣的一切，追尋前途未卜的異國戀情值得嗎？我的胃開始作怪，又想咬起指甲。知道自己是大人，要改掉壞習慣，但這似乎是我唯一能控制的事，反正父親不在這兒，再也不能指責我，或許咬指甲是自我救贖吧！

修站在入境大廳，豪邁的笑容令我安心，他伸開長臂，深情的擁吻我。聞到他臉上熟悉的刮鬍水味道，我心跳加速，幾乎忘記要和他的家人共同生活的焦慮。修曾說我們先住在他父親的家中幾天，然後再搬去紐約市。

修問：「這怪物裡頭裝了什麼？好沉重！」他拖著我的行李前行。

「我的人生，只有一卡皮箱不為過吧！」

「你應該換個新型有輪子的，這箱子會折斷你的腰。」

我搖搖頭，這只皮箱是姊姊省下三個月工資買的禮物，對我有特殊意義。這是我和修之間的差異，修通常會買最新的產品，無論價格，而我不會買任何新東西，除非原有的壞掉。

「對了，有件事要告訴你。」修的聲音聽起來有點緊張。

「你已結婚生子。」我開玩笑。

「沒那麼戲劇化！你不能跟我住在一起。」

「什麼？」我驚訝地張大嘴。

「公司延遲上工日到十月，我的繼母黛比不同意你住在我父親家，你得和我生母住兩個月。」

我雙唇輕顫。「你有繼母，為什麼不早說？你母親同意這樣的安排嗎？」

修點點頭。「她曾經接待外國交換學生，我打掃了客房，她為你買張單人床。」

修的母親聽起來還行，雖然我不確定和從未謀面的人住在一起是個好主意。更何況在沒有婚約的情況下，住進可能是準婆婆的家，而男主角竟然不在同一屋簷下，這很沒禮數。

不知道修的母親和我之間如何相處？一想起就冷汗直流，提醒自己，修的母親不是我奶奶，美中文化大不同，還沒聽說太多美國惡婆婆的故事，因為她們通常都不和兒子同住，兩個月忍忍就過去。

我勉強擠出一絲苦笑。「我不想吃她的，睡她的，總要讓我付點錢。」

「請說正確英文，你花太多時間和臺灣同學混在一起。」

我的臺灣同學有啥問題，如果不是他們，我畢業後哪有地方住。我清下喉嚨，「我的意思是我不想免費住她家，白吃她的食物。」

修皺著眉頭。「我媽不會收你的錢，很抱歉在這節骨眼上做改變，我爸對你沒意見，可是黛比那個女人，算了，不說了。」修拍拍我的手。

「別怪她，哪個繼母會喜歡替繼子養女友？」

「我爸養她跟前夫生的兩個女兒十七年，她們的學費和婚禮都是我爸買單，也沒聽繼母抱怨過。」

「你爸對你好嗎？」

「一言難盡，你自己看吧。」

「你爸媽為何離婚？你繼母不是小三吧？」

修搖搖頭。「他們鎮日吵不停，我媽先提出離婚要求，不過在談判過程中，我爸外出約會找對象，沒多久就搬去和黛比同居，為此我母親始終耿耿於懷。」

在傳統眼光中，修來自一個破碎家庭，是件丟臉而需要隱身於公眾視線之外的事。我可以想像父親搖頭嘆氣地說：「美國人對婚姻沒責任感，像旋轉門一樣，人人來去自如，你就是下一個，等著瞧吧！」

現在說什麼都太晚，我已經沒錢買回程機票，既來之則安之，雖然不滿意，只能接受。

修將車開出機場上高速公路，車窗外的景色從摩天大樓漸漸轉變成市郊的獨棟洋房。約莫一個小時從高速公路下交流道，車子轉進林中蜿蜒小路，路旁兩邊的山茱萸盛開，白色的小花瓣像雪片一般在空中紛飛，一股淡淡的泥土味和茉莉清香傳入鼻內，讓人不禁想起王維的詩，「遙知兄弟登高處，遍插茱萸少一人。」雖然詩內的茱萸不是此地的山茱萸，但身為異客思親的心情卻是一樣的。

又過了半小時，修將車停在一棟柯特角式（Cape Cod Style）的單層洋房，他說這個鎮叫做 Darien，代瑞安，他父親的房子位在離此五分鐘車程的諾沃克（Norwalk）。

我們倆走上三層台階到大門口，修推開門讓我進去。「媽，莉莉安和我到了。」

從角落的房間傳來一個高亢尖銳小女孩般的聲音，「親愛的，別拘束，就當自己家，我馬上出來。」

環顧四周充斥著舊家具的客廳，四散的玻璃杯和雜誌擺滿茶几和書桌，走廊堆著一疊疊泛黃的舊報紙，連牆邊的書櫃都塞滿書籍，看起來像二手書店，連空氣中聞起來的絲絲霉味都相似。

修在我前面引路。「我媽是醫藥作家，她有三個碩士學位，地質學、電影製作和心理學。」

我拉著行李拖過地板，差點兒被走廊角落的舊報紙堆絆倒，而行李箱的重量壓得木地唧唧叫，令我汗顏。

「不好意思，我媽收集太多的東西。」修指出走廊的盡頭第一間房是他母親的工作室，另一頭是主臥室。我們停在中間，他打開房門，開了燈，說是我的房間。

長方形的房間，牆上有個小小的窗戶，面對高聳的灌木叢和鄰居的洋房。單人床擺在小房間的正中央，鞋盒和衣物袋擺滿床的兩側，進出只能從床尾上下床。我打開衣櫃，裡頭的衣服滿到立刻掉出來，只好勉強把衣服擠回去再拉上門。

「我知道這不是理想的地方，讓你屈居兩個月。」

「洗手間在哪？」我用著愉悅的聲音問。

修指引我到廚房旁的房間。「這是客用浴室。」

太好了，至少有冷熱水的水龍頭，不像我父母在臺北的房子，要用熱水，得裝桶在爐上燒。我注意到馬桶前的地板上，擺著一個巨大半圓形的藍色盒子，擋住了浴缸的出入，忍不住打了個噴嚏。「這是什麼味道？」

「我媽的貓，賈姬（Jacky），藍色的盒子是她的貓砂盒。」

「那是做什麼的？」

「貓在那盒子裡排泄。」

「你是說貓在這裡拉屎？」

修尷尬地點點頭。

我故作輕鬆地笑出聲，從沒想過和一隻貓共用廁所。我家沒養過貓，老爸堅持貓來窮狗來富。

修和我坐在客廳裡的白色小沙發上等待，我喝著修替我倒的冰水，擦著脖子上的汗，試著讓自己涼快些。四十五分鐘後，一位留著超短銀髮，穿著粉紅色睡衣，五十多歲的白人女子緩緩走出辦公室。

她用手指梳撥頭髮。「抱歉，我的截稿日快到了，製藥公司要得急，還好給的錢夠多，現在讓我給我英俊的兒子一個擁抱和親吻。」她越過我面前去擁抱修，並親吻他的雙頰。

我深受感動，因為我媽絕不會那樣做，我父母最多點點頭，算是最高度的稱讚了。美國父母會公開表達對子女的愛意，令人稱羡。

修的母親轉身過來跟我握手，我連忙從沙發上起身站起來，從她的身上聞到一股濃郁梔子花的香水味，我又打個噴嚏。「對不起。」

她朝著我笑。「Bless you! 不用站起來，別緊張。」她拍拍我的肩膀示意我坐下。

「對中國人來說，尊敬長輩，我應該站著跟你回話。」

「中國傳統不管用，這裡是美國。你應該是賈姬，好可愛的名字。」

賈姬？她叫我賈姬？這是她貓的名字，我不知道是否該糾正她，畢竟我們文化裡，直接矯正長輩顯得不尊敬。

「媽，我跟你說過，她的名字叫莉莉安，不是賈姬。」修大聲的說。

她搖搖頭。「我講賈姬嗎？真抱歉，看我這記性，請原諒老女人。」

「沒關係，凱勒太太，謝謝妳讓我住在這裡，我給你帶了份禮物。」我打開背包，找出紅色禮品袋。

她立刻打開袋子。「哇！玉手鍊，謝謝你的好意，叫我貝蒂。」她笑笑地說，戴上手鍊把玩。「我需要一杯伏特加來保持清醒，你想喝什麼？我有 diet Coke 和 Dr. Pepper。」

「不麻煩，我不需要任何醫生，我已經有白開水。」我晃了一下手中的玻璃杯。

修對我輕笑，在我耳旁小聲地說：「Dr. Pepper 是一種汽水。」

「喔！我懂了。」我真蠢，為什麼美國的廠商要替汽水命名醫生呢？我懷疑那汽水是否充滿胡椒味？聽起來就很古怪。

貝蒂起身走進廚房，打開櫥櫃，砰一聲再用力甩上，接著打開冰箱，當她走動時，好像廚房的東西都搖晃起來。五分鐘後，貝蒂回到客廳，手裡拿著一個大水晶杯，在沙發旁的躺椅坐下，突然間一隻瘦小的波絲貓跳進她的懷抱。

「你看，正港的賈姬。聊聊你從哪來的？」貝蒂輕撫著貓毛，貓對我張嘴露出細細獠牙。

「臺灣。」

「我好喜歡泰國菜，你們的首都是曼谷，我還記得學過的地理。」貝蒂對著修笑，為自己的記憶力感到驕傲。

蝦米？泰國是完全不同的國家，我看著修，他表情尷尬，我決定保持沉默。

「覺得熱嗎？我可以開冷氣。」貝蒂壓著躺椅扶手，試著站起來。

「媽，讓我來。」修去走廊開冷氣。

「謝謝你，my sweetheart。對了，賈姬，你的國家有冷氣嗎？」

「有，看看你家冷氣背後的標籤，說不定也是臺灣做的。」

「這不可能，我從來不買便宜的亞洲貨，我只買美國牌子。」

真想告訴她，美國牌的產品有可能是在別國製作，因為臺灣是世界代工廠。唉！不想跟她起爭執，我輕咬下唇，修走進客廳在我身旁坐下。

「你好瘦，想當年我二十出頭時，跟你一樣瘦。看我現在這個樣子，都是修父親害的，那個爛人！」

「以你的年紀而言，已經很棒了。」

「真希望有個像我兒子一樣帥的男人來照顧我，你覺得老太婆會很難找到男人嗎？」

「不會，你還是很美麗。」

貝蒂露齒輕笑。「你不吃貓吧？」

「沒有，只吃狗。」我開著玩笑，對修眨眼睛。這不是我預料的情景，竟然要跟這樣的人住兩個月。

貝蒂衝口而出，「太好了，你可以去吃洛基。」

我看著修想要一個解釋。

「洛基是我爸養的狼狗。媽，我和莉莉安要出去吃中飯，你想跟我們一道嗎？」修把我從沙發拉起來。

貝蒂喝完最後一口酒，像貓一樣把杯緣舔乾淨。「好希望像你們年輕人一樣活的無拘無束，可惜我有工作要做。去吧！享受你們自由自在的人生。」

修和我走回車上。「我媽有時會犯傻，她的哥哥活到七歲就過世，外婆反對離婚，而她離婚後又變胖，所以對她不要太苛責。」

修是對的，我應該盡己所能成為一個好房客。哈啾！我從袖子拔出一根貓毛，拋向窗外。

第五章

母親女友誰重要

婆媳是天生敵人，只能策反不要叫男人抉擇

赤足站在懸崖邊，谷底冰涼的風滲透赤裸的皮膚，讓人不禁起雞皮疙瘩，青草潮濕的氣息充滿鼻尖，奶奶出現在我面前，她穿著合身的旗袍，腳踩五吋的高跟鞋，手裡拿著藤條，盯著我。記得三歲時，我拒絕聽從她的指示進家門，因為母親早已同意我在門口玩，她也是用那條藤條鞭打我。

奶奶的嘴唇微張，我全身緊張，感受到太陽穴旁脈搏突突的跳，她準備要打我還是詛咒我的背叛？

「別忘了我教過你，寧可敵人流血，不讓自己流淚。」

「什麼意思？」

她甩甩手裡的藤條，若有所思地看著，我感到陣陣寒意，而她的英文愈說愈大聲。

不對，她什麼時候學會說英文？我倏地驚醒，試想自己在哪裡？入目一片漆黑，手指摸索到桌上檯燈的開關，燈亮後，手錶上指著清晨四點半，忘了實際上只是加州時間半夜一點半。客廳的聲響像有人在耳畔打鼓，我可以聽見貝蒂在走廊和廚房的腳步聲，只有將棉被蓋在頭上。

經過兩個小時的電視聲、淋浴水聲、像菸味的咖啡機磨豆味，外頭終於安靜下來。迷迷糊糊又睡了幾個小時，再起來已經是十一點，我打開門縫往外瞧，貝蒂坐在辦公室講電話。

躡手躡腳走進廚房，避免木地板發出聲音，我打開冰箱，決定為自己煮一碗麵。十分鐘後一碗香噴噴的肉絲麵已經上桌，雖然不是廚神，但多年來陪我媽做飯，偷師一些撇步。湯麵的香氣帶我回到臺北家鄉，還記得大姊、小弟和我圍坐在廚房旁小方桌，等著媽把麵煮好。麵一上桌，我們三人比賽誰吃得快，因為最慢的那人要洗碗。比我小四歲的弟弟，永遠是最後耍賴的輸家。熱湯麵讓人心情愉快，就像母親愛的照拂。

「莉莉安，你在幹嘛？」貝蒂高分貝的嗓音，從辦公室直搗廚房。

「我在做午餐，你想嘗些嗎？」我懊惱怎麼把她忘了？趕緊另外分裝一小碗。

貝蒂走到餐桌前坐下，喝一口湯。「嗯，還不錯。你知道，我獨居在此很久，整個房子是我的工作室，我有截稿的壓力，試著安靜點，你懂嗎？」

「對不起。」

「吃些不會有味道，不會有油煙的東西，我不像你這麼瘦，正在節食。你的麵煮的不錯，可惜我無福消受。」貝蒂站起來，轉身把碗裡的麵倒進水槽裡。

「很抱歉，還有哪些事情我需要注意？」

貝蒂似乎滿意我的態度，平靜下來。「我家電話也是我的工作線，因此白天你不要使用，我早睡，晚上九點以後，不要有電話打進來。」

九點，那在西岸是六點，加州的同學放學後，如何回電給我？「可是昨晚有人十點半打給你呀。」

「哦！那是修的哥哥，查德，他是唯一的例外。」

突然間賈姬跳上餐桌，對著我吱吱叫。

貝蒂抱起賈姬，撫摸她的毛，賈姬舒服地瞇上眼，躺在貝蒂的懷裡。「你是gold digger嗎？」

「不是，我家沒人是礦工，我的祖先跟加州淘金熱的中國礦工沒關係。」

「很多亞洲女人為綠卡嫁人，因為孩子的爸，我失去他們一次，我不想你把修帶回中國，再失去他一次。」

我覺得口乾舌燥，手腳無措。「我來這裡不是為了綠卡，我甚至不住在中國。我會找份工作，自己賺錢，而且你兒子沒有金礦讓我挖。」如果貝蒂知道，當年學校軍訓課實槍打靶，我可是三中二的高手，她得小心對我的控訴。

貝蒂的面色難堪。「我兒子喜歡你，你要從我身邊奪走他。」

「修有獨立人格，不可能聽我的話去做。」我緊握雙手，前額微微出汗，試著控制自己的音量，不然我會口不擇言地罵出聲。

電話聲忽然響起，貝蒂把貓丟回桌上，一臉便祕相，快速走回辦公室。「不論你我之間發生任何事，修總是我的兒子，母親永遠比女友重要。」她說完後甩上房門。

我重重地咬牙，怒意爬滿全身，快速吃完麵，把碗洗乾淨，走回房間，把棉被蓋在頭上，這房間好冰冷，因為窗戶太小透不進陽光。記得母親剛嫁給父親的頭一天，奶奶就把原先的家庭幫傭辭退，由母親替代煮飯和清掃的家務，她告訴母親要跪在地上擦地板，手洗所有的衣物，每天為家中十人準備三餐。

奶奶要求鉅細靡遺，我和姊姊連穿什麼樣的衣服都要經過她的同意，我們不能吃任何辛辣的食物，因為奶奶說吃了火氣大。她甚至叫我們監視母親的一舉一動，為此母親和外婆只能在外頭找地方偷偷見面。

曾對自己發誓絕不跟公婆同住，現在我卻和修的母親住在一起。婆媳果然是天生的敵人，我搬石頭砸自己的腳。

夢裡奶奶的示警成真，但我的敵人還沒流血，怎麼可以哭呢？我把修留給我的律師考試的參考書和錄音帶找出來，帶著我的隨身聽，打開後門，走到後院，這樣我就不在她的勢力範圍。接下去的三個禮拜，我把全副精神投入準備律師考試，我想只要通過考試，其他問題都能解決。

有一天下午，修從廚房走進後院，坐在我旁邊。「念得如何？」

「要準備的科目好多，大部分的內容，我在UCLA碩士班都沒修過。」

「根據我的經驗，不需要什麼都懂，專注在三百五十題的選擇題就可以。」

我點點頭，看著修蔚藍的眼睛，純淨而安寧。「我們下個月能搬到紐約市嗎？反正你十月就開始上班。」

「就算去上班，也沒那麼快領薪水，我現在沒錢付房租和押金。」

「可以先和你爸借點錢嗎？」

「不行，我哥常跟我爸借錢，已經惹毛黛比。」

「可是你也是他兒子，不能幫你一次嗎？」

「不要再談我爸。」

「為什麼不呢？我想更認識你的家庭。」

「好奇害死貓，我不想吵架。」

修漠然地看著我，他的反應令人困惑。記得我們畢業時，修的父親住在五星級飯店，而我的父母住在單人房的青年旅社，可是他卻不能借自己的兒子幾千美金，幫助修在曼哈頓開始新生活，至少我的父母留了八百美金給我，這算是文化差異吧。

修問：「想吃晚餐嗎？」

我一整天只吃了花生三明治，現在飢腸轆轆。「好呀！」

「我去邀請我媽。」修走進屋內又回來。「我媽待會要開雞尾酒派對，她不跟我們去，但她希望你見見她的朋友，我們先幫她整理客廳。」

我和修把走廊上的雜誌，報紙和多餘的家具移到地下室，我將地板吸塵，桌面擦乾淨，等著貝蒂洗澡化妝打扮自己。看著客廳因為我們的清掃而變整齊乾淨，我對自己終於有所貢獻而驕傲。

清掃結束後，我待在自己房裡，讓修單獨和他母親在客廳交談。我想貝蒂應該很高興與修獨處，我就不做電燈泡了。過了半小時，前門發出開開關關的聲音，賓客的聲音迴盪在客廳。

有人敲響我的房門，修探頭進來。「跟我媽的朋友打招呼，我們就可以離開。」

客廳裡站滿許多人，在法蘭克辛納屈的歌聲裡，大家穿著晚宴服交頭接耳，像是電視劇愛之船的場景。貝蒂在走廊向我們招手，她旁邊站著一個矮小禿頭的男人。「這是我兒子漂亮的女友，來自中國的莉莉安。」

「貝蒂，你要小心，她可能屬於要征服全世界，毛澤東的紅衛兵。」矮小的男人說，其他賓客聽完一陣大笑。

我來自臺灣，反共抗俄，但誰在乎我的意見呢？我輕輕假笑像個選美比賽的候選人。

貝蒂介紹，「這是隔壁鄰居布朗醫師和他的太太凱西，布朗醫師是婦產科大夫。」凱西約五十歲，留著一頭紅棕髮，她伸出手和我握手，然後我伸出手等著布朗醫師跟我致意。

「請稱呼我亞當，讓我對這位美麗的女士，表現我的誠意。」亞當對我舉手敬禮。

「謝謝你。」我不由自主的臉紅起來。亞當把雙手用身上的襯衫擦乾，然後握住我的雙肩拉向他。說實話，我很不喜歡這種親吻臉頰的西方禮儀，但是修告訴我這是歐洲的傳統，既然我選擇留在西方世界，入境要問俗。

我將臉偏向一邊，聞到亞當嘴裡發酵的啤酒味，他在我臉上輕輕一點，我將臉頰轉向另一邊等待。突然間，他雙手捧住我的臉，嘴脣重重的蓋上，像章魚一樣死死吸著我的唇，噁心的酒精味混著他的口水溼溼地留在我的嘴上，他甚至伸出舌頭，被我緊咬牙關阻擋。我試著推開，他卻抱得更緊，我用盡全身力量再推一次，並且用腳踹他的腿，他猛然往後跳開。

我用手背擦嘴。「你在幹嘛？」

「亞當，你這個調皮的老男孩，該打屁股。」貝蒂輕拍亞當的背。

凱西搖頭，翻個白眼，用著抱歉的眼神看著我。「早警告過你，你這個老不修。」

亞當輕蔑地瞟我一眼，以笨拙的身軀跳著踢踏舞的步伐往廚房去，然後手裡多了一杯酒，再以華爾滋的舞步滑向客廳。來賓們看到亞當小丑般搞笑的行徑，紛紛大笑起來。

我不敢相信這是貝蒂和她朋友的反應，全身僵硬的站在現場，沒有等來一聲抱歉。

貝蒂對我和修說：「小朋友，現在可以走了，謝謝你們提供我們老人家一點娛樂。」接著轉身離開。

修點點頭，走出大門，我隨他出去，冷汗不止，羞憤已經無法描述我的感受。這是不對的，那老頭子沒有權利親吻我，我加快腳步，越過修的車旁。

修從遠處喊：「等等我，莉莉安。」他跳出車來追我。

我踮著腳尖奮力地跑，直到不小心跌倒在路邊，緊咬下唇不讓自己流下淚來，顫抖的手指毫無章法地撕扯自己的頭髮，也無法改變既有的事實。我將手掌狠狠地壓向地面，無聲的痛苦從胸膛湧上心頭，遠處地平線留著夕陽的一絲餘暉，我卻覺得方向全無。試著深呼吸，戰敗的我，連呼吸都沒力氣，雙眼朦朧，悲傷像腫瘤一樣在我身體裡擴散，瞬眼間黑暗的毒素將我掩埋。

「何必為此事糾結，布朗大夫是酒鬼兼白癡。」修把我拉起來。

「這事對我來說很嚴重，我不喜歡被老不修碰。」

「不用氣，他不是故意的。」

「那我應該生你媽的氣。」

「又不是她的錯。」

「是她的客人。」

「她如何能控制的了？你不要找她做代罪羔羊。」

「你媽應該了解她的朋友，尤其是可怕的醉鬼，我不能住在猥褻老頭的隔壁。」

「別可笑，沒人要謀害你。我媽在念大學時，經歷過約會強暴，對這種事最敏感。」

「那你呢？你什麼都沒做。」

「如果你要，我可以回頭去痛揍那老頭一頓。」

「太晚了。」修應該主動保護我，而不是等我叫他去做。

我拍拍褲子上的灰塵，新英格蘭的冷風吹散堆積在路邊的乾扁野草堆，隱約聞到萬物毀滅後枯竭的大地味，我的腳好痠，難受到只能靠地面支撐自己。黑夜中，無法確認痛苦、羞辱或是愛情，哪一樣才最傷人？我想奶奶絕不會讓她自己陷入困境，沒法使我的敵人流血，自己才會受傷。

現在不過八月底，還得忍耐到十月分，轉瞬間，靈機一動。「我還有兩百美金，可以請我媽把從前我在臺北上班存的三千美金匯來，這樣夠你去紐約市租間公寓嗎？」

修驚訝地看著我。「我不想用你的錢，那是你的老本。」

「以後你有錢再還我。」

「不是錢的問題，我媽會以為你在她家不開心。」

「我無法取悅每個人。」

「那是個意外，為什麼你不能原諒她呢？」

「跟她說我要在紐約市上補習班學寫申論題，從這裡通車太遠。」

「不能多待一段時間嗎？」

即使是小美人魚也有她的底線。「抱歉，我必須離開。」

第六章

意外總比明天快

現實磨損愛情，異國戀情關關難

修告訴貝蒂，他需要提前住到紐約市為上班做準備，貝蒂似乎信服這個理由，於是在雞尾酒派對過後一星期，我就搬走。修和我在格林威治村（Greenwich Village）租了一間有夾層（loft）的集合式公寓，紐約市是為富人而存在，我們付的房租是洛杉磯的三倍。

公寓有挑高的天花板，樓上是主臥和浴室，樓下是客廳、廁所和廚房。這棟公寓是由印刷廠房改裝，因此隔間都是水泥磚牆，隔音效果非常好，頂樓甚至有游泳池和健身房，不過要另外加入會員，月繳三百美金才能使用，所以我連進去的機會都沒有。

格林威治村位於紐約市曼哈頓南部下西城的一個大型住宅區，有著名的華盛頓廣場和紐約大學，到處都是好吃的餐廳，從漢堡到泰國菜，應有盡有。修和我最喜歡光顧公寓附近的西班牙餐廳，在克里斯多福街買剛出爐的麵包和蛋糕。

由於此村鄰近蘇活區（Soho）和中國城，當修難得有空時，我們會去逛逛蘇活區的小店，再到中國城吃飲茶。這個地點對修來說，非常方便，地鐵只需坐幾站，就到他位於華爾街的律師事務所。

週末時，修帶我去看百老匯的歌舞秀，聽林肯中心的音樂會，欣賞大都會博物館的收藏品。看到世界名畫近在眼前，讓人嘆息藝術的偉大，尤其是看到星夜的畫作，想必梵谷和我一樣感受到寂寞和孤離，才能畫出這樣曠世鉅作。想起蘇東坡的《水調歌頭》，雖在地球兩端，寄望在臺家人和我也能千里共嬋娟。

自修開始上班工作，早上六點起床、七點出門，不到凌晨一兩點不會回來，更不要提和我共進晚餐。華爾街工作壓力之大，他甚至睡在辦公室，我感到非常寂寞，想像中的律師生活如同美國電視劇中多采多姿，事實卻遠非如此。

修常說，他的上班時間是九到五，早上九點到第二天的五點。我問他為什麼要這麼辛苦，他說身為一年級的菜鳥律師，成功要付出代價。

「為什麼不留在加州呢？」記憶中修在洛杉磯的生活比較平衡，我懷念仍在UCLA就學的臺灣同學。

「我要證明自己。」

「給誰看？」

「難以解釋，你不會懂得。」

「你不說，我怎麼會懂。」

「莉莉安。」修喊著我的名字，用冰冷的眼光看著我，然後轉身給自己倒杯紅酒，打開電視坐下，這是他停止交談的信號。在我下決心和他共同生活以前，真該多了解他一點，移居到紐約後，他比從前更有距離感，令我十分困惑。他可以溫柔體貼，一旦我試著挖掘他的內心世界，就變成一顆冷酷的石頭。

對修賣命工作維持家計，而我毫無貢獻感到強烈的罪惡感。自從搬到紐約市，寄出無數的履歷表，都石沉大海。我甚至搜尋報紙的小廣告，到中國城的律師事務所去應徵。工作內容是幫非法入境的中國人辦簽證，替他們找理由申請庇護，例如說受一胎化或者宗教迫害，反正人蛇集團的蛇頭會先出錢，非法移民自會想辦法還錢。一想到自己成為非法移民做血汗勞工或賣淫妓女的幫兇，良心開始不安。

面談的事務所負責人對我說：「如果你願意，下星期開始上班，年薪五萬外加紅利，一年後替你申請綠卡。」

「讓我考慮一下，謝謝你。」我走出他的辦公室，感到前所未有的沮喪。

我不想為利用非法移民的人工作，但以我目前的學生實習簽證身分，要找到願意替我申請工作簽證的法律界的雇主，比登天還難。猶豫一個星期，還是忍痛拒絕。

到了一九九三年二月底，我參加為期兩天的紐約州律師考試，對於沒有修習過法學博士（J.D.）課程的我而言，自我苦讀所有的科目，著實不易，不過還是考完了。結果要等兩個半月後才放榜，而我的學生實習簽證只剩四個月，面對未知的將來，和找不到工作的恐懼，我像個壓力鍋，一觸即發。在這陌生的城市裡，大部分的時間獨自一人，不時自怨自哀，覺得人生好像就此荒廢。我甚至想如果故意惹修生氣，他氣得跟我分手，大家一拍兩散，反倒容易。可惜他識破我的心計，反過來安慰我說，等通過考試，找工作應該會容易些，再耐心等待幾個月，不要為難自己。

「你不懂，我沒辦法再熬了。」

「我知道你很焦慮，不如我們去猶他州（Utah）國家公園度個假，大家喘口氣。」

「有什麼用？一樣找不到工作，我爸說的對，我就是個沒用的女兒。」

「不要折磨自己，最糟的狀況就是簽證到期，你必須離境，為什麼不珍惜現有的時光呢？」

修是對的，我真討厭自己像個瘋女人。記得畢業時，國際學生顧問告訴我，即便是UCLA 法學博士班的美國學生，畢業時仍有百分之二十五的人還沒工作，何況我這個需要簽證的外國人？

我承認我忌妒修的工作成就，如果在臺灣，我不會陷入找不到工作的困境。我懷念從前充滿自信樂觀的我，而不是現在絕望自憐的我。愛情如此浪漫，現實卻這般醜陋。這條少有人經之路滿布荊棘，或許我該去度假，然後離開美國，畢竟小美人魚的悲慘結局，最終化為海上的泡沫，不是嗎？

一星期後，修和我飛到鹽湖城（Salt Lake City），租車開往黃石公園。如果你有錢有閒，美國到處充滿不可思議的景致。公園裡，天氣寒冷，樹上白雪皚皚，老實泉噴射出蒸氣，令人嘆為觀止。美國野牛好大一隻，而麋鹿如銅鈴般大的眼睛，非常可愛。看到大自然醞釀的奇景，讓人精神為之一振，好像所有困擾都會自動消失，是我不夠厲害，無法留在這個美麗的國家。

參觀過公園後，我們往西去內華達州（Nevada）的一個地下水晶洞遊玩。那是清晨八點，剛下過雨，地上還溼滑，地面甚至留有薄冰。高速公路上人車稀少，於是我提議由我來開車，這樣修可以休息一下，因為一路上都是他在開車。起初一路順暢，自豪終於對修有所貢獻，不料二十分鐘後，車子像蛇一樣開始滑行。

我大叫：「怎麼搞的？」

修對我說：「穩住，不要慌！」

「啊，我的天！我的天！」

「冷靜，小心！」

試著踩剎車，但輪胎好像有自主的意識，愈想控制，車速就愈快，完全不聽指揮。我將方向盤轉往一邊想扳正行駛的方向，車子卻往反方向移動，愈跑愈快，只剩我的尖叫聲。如同電影情節，汽車急速衝向路邊，翻滾下坡，然後在半空中飛轉，車上所有的東西到處飛揚，連在便利商店買的瓶裝水都砸在我頭上。我不知所措，律師考試尚未通過，爸媽還在等我，這絕不是死去的好時機。

宛若雲霄飛車，我們的車在翻轉至少三圈後，終於停下來。我的前額撞向車頂，然後身體重重地往下摔回座椅上，所有事像電影裡的慢動作發生在眼前，耳邊圍繞著鋼鐵碰撞玻璃破碎的聲音，直到車子傾倒在路旁。不知自己呆坐多久，時間像隻怪獸將我吞噬，無法說話或反抗，只能忍受這意外場景的苦楚在腦海裡循環播放。

修大喊：「出來，我們得離開。」他關掉引擎，拔出車鑰匙，將我的肩膀推向車門。我一動也不動，這經驗實在太可怕，令人無處躲藏，或許是場噩夢，如果閉上雙眼，毫髮不動，說不定一切都能回到從前。

修勉強從車裡往外走，打開我身旁的門，卸下安全帶，把我拉出來。他的臉色蒼白，藍色的眼眸蒙上一層深灰色，一頭混亂的金髮，拱著背站在我面前。他看起來糟糕透頂，全都是我的錯。

修攬著我的肩膀前行，冷風吹進我的外套，空氣裡隱約有著汽油的味道。我們慢慢走開，摔得稀巴爛的小轎車以跟原先車流方向一百八十度翻轉後，靜躺在路旁的泥濘中。

風持續吹入我的身體，好像我根本沒穿一樣，我的手冰封、腿軟，甚至可聽見自己的心跳聲。我要如何負擔這所有的損失？轎車是修租的，我不是列名在租車合約上的駕駛，保險是不給付的。天呀！這個大災難，如果我在事故中喪生，還比較容易善後，畢竟一死百了。剛走沒幾步，修突然慘叫一聲蹲下，然後躺平在地上。

我急問：「怎麼了？」

「我不能動，糟糕的事情發生了。」修緊閉雙眼忍受痛苦，呻吟一聲，就不再說話。

「到底發生什麼事？」我蹲在他的身旁，猜想他可能在救我的過程中受傷。

修勉強睜開眼睛又快速閉上。「我的頭好痛，好像有人拿榔頭在我頭骨敲釘子。」

「那該怎麼辦？你不能死呀！」我的聲音微弱，不禁驚慌起來。

修的面部肌肉僵硬。「別怕，你沒事吧！」他緊咬牙關，握緊雙手，擠出話回答我。

「我還行，你需要救護車，哪裡可以打911？」我一邊問，一邊握著他的手。

「附近找找有無緊急電話桿？」

抬頭望去，除了幾棵樹和地上的石頭，什麼都沒有。我大叫：「救命！救命！」但是四下無人可應。我再叫：「火災！火災！」聽說喊火災比救命有效，但這次毫無效用。

修呻吟著：「盯著公路，向其他來車揮手求救。」

恐懼像一連串的炮竹在我腹中點燃，腎上腺素快速運行讓我無法合理思考。修的父親如果知道我做的事，可能會控告我，也許這是奶奶的詛咒，把我的名字寫入她的黑色死亡記事本，來懲罰我的背叛。如果我沒留在美國，這些事都不會發生。我甚至不能跟父母求救，因為他們也沒錢賠償修的損失。控制不住紛亂的思緒，覺得自己快要無法呼吸，像暴風雨後，大海裡漂流的船，失去船舵，載浮載沉。

我再瞧一眼租的轎車，車體像洩氣的氣球，壓得扁扁的，擋風玻璃全碎，駕駛旁座位的車頂，凹了一個洞，不敢想像那對修所造成的傷害。租車公司也會告我，畢竟我不該開這部車。在這個國家，任何人隨時隨地都可以為任何事被告。如果小美人魚預知她在美國惹上這樣的麻煩，也會立即逃回海裡吧。

我深呼吸幾下，讓自己保持冷靜不敢亂想，緊盯著公路等待，握著修的手，怕一放開，他就不見了。他會死嗎？如果癱瘓了怎麼辦？

半小時後，一輛聯結車開過，我用力揮手，卡車減緩速度，一隻刺青的手搖下車窗。「年輕女士，出什麼事？」

「請幫幫忙，發生意外，我男友受傷了。」

「別擔心，我會用對講機去通知警察。」他開走後，又有幾部車呼嘯而過，最後一輛車停下，一對夫婦下車查看。太太問修感覺如何，然後從他們的後車廂拿出毛毯，蓋在修身上，那時正是猶他州三月初，地面凍得硬梆梆，我感謝他們的善意。看著修受苦，我的心都碎了，我向佛祖祈求，只要修能復原，我願意為佛祖做任何事。

過了四十五分鐘，警車和救護車終於出現。我鬆一口氣，得救了，所有事情都會好轉的，兩位救護人員開始檢查修的狀況。

警察站在一旁問：「發生什麼事？」

一想到可能面對的後果，我害怕到語無倫次，突然間連英文也說不好，只能不斷重複地說：「意外，意外。」

警察問：「駕駛是誰？」

「是我。」修搶先回答，對我眨眨眼。

「描述下經過？」

「早上下過雨後，我們的車開過的路上有灘水，車子就失速滑行。」

「當時車速多少？」

「六十左右。」

「別說謊，一定是超速，路面沒有剎車痕跡。」

路面又濕又滑，哪來的剎車痕跡？況且我知道自己絕對沒有開超過六十英里，身為新手駕駛，我開車像老太太一樣慢，意外發生的當下，警察不在場，沒有任何證據就信口雌黃。問這麼多問題幹嘛？他應該趕快送修就醫才是。

「駕照和汽車登記證在哪？」

「車是租來的，合約在前座置物櫃裡，駕照在我口袋的皮夾中，我沒辦法拿出來給你。」

警察靠近望一下，然後用手側翻修的身軀，拿出他褲子裡皮夾中的駕照，修痛得哀嚎一聲。警察回到警車上，過了幾分鐘，手裡拿著文件回來。「這是超速罰單，我會通知租車公司來拖你的車。」

修回應：「我們的行李還在後車廂。」

「你不能帶行李上救護車，租車公司會把行李運回你的原居地。」

救護人員檢查完，把橘色頭罩戴在修頭上，然後將他四肢軀幹固定在擔架上。

我急忙問：「他還好嗎？」

「不知道。」四名大漢抬著擔架上救護車後座。

在救護人員關門前，我立刻跳上車，他們又檢測修的心跳和血壓一次，修悲痛地閉緊雙眼。

我的心跳像是倉鼠在籠裡跑圈圈，無奈飛快。修的結果將是如何？我無法一個人留下來，如果他死了，我待在美國還有什麼意義？在紐約市，沒人在乎我，美國人聽見有濃厚中文口音的英語，就先入為主的覺得你愚蠢，自動忽視你的意見。只有修聽懂我說的每一句話，甚至在他人生那樣困難的時刻，還想保護我，我不要他死。

我的腿不停發抖，咬著唇直到滲血，手指關節狠狠地抓緊外套。我想大聲呼喊修的名字，但是喉嚨乾渴沙啞，可惜我沒有虔誠的宗教信仰，否則該是向佛祖祈求庇蔭的好時機。不確定佛祖是否可以保庇修？因為他是基督徒。好吧，讓我向他的上帝禱告，請你幫助他，阿門。

第七章

小美人魚捧尿壺

生死關頭，什麼才是最值得在乎的事？

波府市一九九三年三月

在救護車上，一位救護員將黑布套纏上我的手臂量血壓，他皺著眉頭問我：「這位女士，你有感到任何不舒服嗎？」

我搖搖頭，把黑布套拿下。「我沒問題。」

「可我量不到你的血壓。」他用棉布擦拭我臉上的血跡傷痕。

「別擔心，死不了，我只是血壓低。」

我抓著修的毛毯一角，希望把我的氣傳送給他，因為救護員告誡我不要去碰他。看著他滿臉的痛苦，此刻的我感受到生命的脆弱。為什麼要堅持婚前無性行為呢？每到最後關頭拒絕修，自己也覺得很糟糕。現在他受傷嚴重，就算我想要，他也不行了。這禮教的束縛到底是為誰好？我發誓，如果他恢復健康，我一定和他上床。

經過兩個半小時的曲折顛簸，救護車終於到達波府市（Provo）醫院的門口，修被送進急診室，當我想跟進去時，護士叫我先填表。

我把其中一份表格還給她，表示自己不用檢查。自 UCLA 畢業後，我已經沒有學生保險，任何急診室的治療會讓我破產。

護士看到我衣服上的血跡，露出無法置信的表情。「隨你便。」

我從修的外套內的皮夾找出他的駕照和保險卡，還是無法填完他的表格。試問他的醫療史，他勉強睜眼，呢喃幾聲，又昏過去，我只好在過往病史上全勾沒有。急診室人滿為患，站了老半天，沒人過來招呼，即便修奄奄一息地躺在那裡。

一個多小時後，終於有醫生過來，他檢查修的眼睛，問了幾個問題。

我問道：「他的毛病是什麼？」

「你哪位？」醫生飛快的在手板上寫病歷，連頭也沒抬起來。

「我是他女朋友。」

「脖子可能斷了，實際情況要做電腦斷層才能判斷。」

「他會死嗎？」人的脖子如果斷裂不就掛了嗎？就像過節慶，我媽殺雞也是一刀先砍在脖子上。

「不要動他，等斷層檢查，有問題，叫護士。」醫生將布簾拉上後就走開。

我站在旁邊望著修虛弱無助地躺在病床上，他的面色在橘色頭罩緊壓下，像拳擊手般鼻青臉腫。「覺得怎樣？」

「頭好疼，有東西卡在頭底下。」

我轉身去找護士。「可以把頭罩拿掉嗎？我男友說頭罩下有東西搞得他很痛。」

「沒有醫師允許，我不能弄。」護士說完就要離開。

修急喊：「我、我要小便。」

我忘了修已經超過五小時沒有上過廁所，一小時前，我去上廁所時，膀胱肌肉都僵硬，花了一些力氣才尿出來。

護士從牆邊拿下一個白色的塑膠尿壺給我。「用這個。」她拉上布簾又走了。

我幫修解除皮帶，拉開褲子拉鍊，將尿壺放在他褲子旁。「剩下要靠你自己。」

我替修捧著尿壺，心想一年前，如果有人告訴我今天的場景，我還會義無反顧的和修交往嗎？我懷疑小美人魚會幫王子捧尿壺。

修試了幾次，前額聚滿汗珠，「我沒辦法這樣上。」

「什麼意思？」

「我必須站起來。」

對喔！男人都是站著上廁所，試著找男護士來幫忙，沒人有空理我。雖然醫師囑咐不要動，但修要嘛死於頸斷之苦，要嘛尿不出來而脹死。

「我扶你起來。」小心翼翼用我的肩膀撐著修的胳肢窩，他靠著我從床沿站起來，我將尿壺貼近他的大腿，他試了好幾次，黃色液體緩緩流入壺中，空氣中充滿那股奇怪卻熟悉的氣味，奇蹟出現，修終於尿出來，我仔細將蓋子蓋上，將尿壺掛在病床旁，再扶他躺下。

修說：「舒服多了。」閉上他的眼睛。

「我明白憋尿之苦，你的脖子呢？」

「不好，我的頭更痛了。」

我很難過，為什麼醫院不做處置，讓修好過些？我們已經待在醫院超過兩小時，醫護人員沒做任何事來減輕修的痛楚。想起奶奶說過，有錢能使鬼推磨，因此她總是送紅包給醫生，以得到貴賓般的待遇，我沒錢但有堅強的意志力。

「等一下，我去找醫生。」繞遍急診室，發現醫生在走廊盡頭，拿著錄音機口述病情。

「對不起，我的男友已經等兩小時，何時可以排到電腦斷層？」

醫生皺著眉頭，暫停他的錄音機。「小姐，我們只有一台機器，那邊的病人隨時會死，一個昏迷大概好不了，第三個失去意識的躺著，妳男友的排序是第五位。」

這算哪門子的答案？想到修命懸一線，好想對醫師大吼，奶奶會怎麼做呢？她會先對醫師甜言蜜語，將來在背後詛咒他，因為伸手不打笑臉人。

我吞下怒氣，調整心情。「你是說其他排在我男友前面的病人都快沒救了，那麼為什麼不先檢查我男友呢？至少他還有一線希望，我會為你祈福，感謝你救我男友一命。」

醫師驚訝地看著我，嘟著嘴將錄音機放回口袋，然後叫兩個護士跟我去。護士將修的橘色頭罩移除，一堆碎石子掉下來。

一個護士喊出聲：「哇，你看！」

我開腔：「這就是他一直喊頭痛的原因。」

護士推走修的病床，我找張椅子坐下，舔舔嘴唇，口乾舌燥肚子餓，可惜沒胃口，希望修快點好轉。

一個小時後，護士們把修推回來，醫生過來給修套上護頸。「半小時後，可以出院。」

我傻眼。「蛤？不用治療嗎？」

「我們不能做什麼，他第五節和第六節頸椎斷裂，還好是穩定性骨折，試著不要動太多，後續請找專科醫師，不能收住院。」

「疼痛要如何處理呢？」

「會開止痛藥處方箋。」

修要如何回家？他連走路都有問題，更何況我們身處在猶他州的陌生城市。如果在洛杉磯，還可以拜託臺灣朋友幫忙，這裡我一個人都不認識。對了，修的父母是道地美國人，他們懂得比我多，我走到急診室外，去找公用電話打給修父親的律師事務所。

「請問史東．凱勒先生在嗎？我是他兒子的女友。」

一個悅耳且專業化的嗓音接起電話。「很抱歉，凱勒先生正在度假，我是他的祕書，瑪麗。」

「請你傳訊息給他，他兒子修的脖子斷了。」

「哦，真抱歉聽到這樣的消息，凱勒先生預計下禮拜才從法國的遊輪度假回來，我們無法主動聯繫，如果他跟辦公室聯絡，我會轉告他。」

我很失望，修的父親行不通，只好找貝蒂，電話響了很久，她終於接起來。

「我是莉莉安，抱歉這麼晚打攪你，我要告訴你，修受了很嚴重的傷。」

「等一下，你們在哪裡？」

「猶他州的波府市，我們出了車禍，修的頸椎斷兩節，醫生叫修離院，你可以來幫幫他嗎？」

電話另一端安靜許久，我想連貝蒂都需要時間消化這個消息，可是口袋裡已經沒有多餘的零錢，擔心話還沒說完，電話就被切斷。

「你有打給那個混蛋嗎？」

「啊！你是指修的父親？有，但他在法國度假。」

「他就知道和黛比過好日子，很遺憾聽到我兒子的狀況，臨時買機票很貴，通常需要至少七天前就購票。此外，我正在趕工一個大計畫，這個節骨眼對我而言，非常不方便。真得需要我跑那麼遠的一趟？妳就不能自己處理嗎？」

七天的預購通知？我不是算命師可以預知未來讓人準備。基本上照顧重傷的男友沒有在戀愛的劇本裡，貝蒂作了修二十八年的母親，現在的情境正是她展現母愛的經典時刻，怎麼照顧修反倒成為女友的責任？我想不通，可是修的命只有一條，我不能眼睜睜看著人溺水，即使救人不是我的強項。

「好，妳不用來，我自己想辦法。」

「太棒了，果然是個聰明的女孩，記得明天打電話給我報告修的狀況。告訴修，我愛他，把我的擁抱和親吻傳給他。謝謝你的來電，賈姬，我知道可以信任你，保重，加油。」

貝蒂仍然叫錯我的名字，但在此刻顯得無足輕重。當小孩成年後，美國父母就會放手，或許這就是獨立的真諦，可是我不確定有足夠能力照顧脖子斷掉的人，更害怕是奶奶的詛咒應驗在修的身上，我必須幫助修，打破奶奶的魔咒。

我拜託醫院人員幫忙找地方住，櫃檯小姐建議去當地喜來登旗下的四點（Four Points）飯店並且幫我叫計程車。一位護士將修扶上輪椅，協助他坐上計程車。到了飯店門口，修倚靠著我，一步步拖進飯店。在大廳等待入住時，修根本上站不住，我趕快用修的信用卡付帳，進到房間。

我扶修到床上躺下，他緊閉雙眼，全身僵直，如同魚兒缺水沒明日。

「有什麼需要嗎？我去幫你買止痛藥，順便叫餐到房間，很快就回來。」

修嗯了一聲，沒再說話。我跑到街上去找藥房，細雨綿綿不斷地下，好像冰凍的針尖落在臉上。三月的猶他州寒風陣陣，我的視線模糊，用手背揉揉眼睛，恐懼不自覺得爬上心底。看著路上猶他州車牌的格言，「Life Elevated」，現今的我一點都不覺得人生有提升的感受。修曾經告訴我，除了恐懼本身，沒有什麼好害怕的，可是我還是無法制止恐懼的聲音。好想哭，但是眼淚流不出來，這樣也好，如果我哭，怕沒有勇氣回頭去幫助修。我要勇敢，因為他現在只能靠我，我把事辦好，趕回飯店。

在服用止痛藥和喝過雞湯後，修似乎比較有元氣，臉上出現血色，他說想洗澡。

「怎麼洗？基本上你不能動。」

「所以你要幫我洗。」

「可以等到明天嗎？你不能亂動，況且我們的行李還留在租車裡，沒有換洗的衣服。」

「全身髒兮兮的怎麼睡！」修看起來的確像出坑的礦工，臉上和頭髮上帶著泥，連衣服上都布滿灰塵。

「好吧，我試試看。」

我先幫修脫掉衣服，然後用臂力把修從床上撐起來，修一百七十五磅的體重壓著我一百磅的骨架，不知是他變重還是我太累，覺得自己都快閃到腰。我用手環繞他的肩膀，他倚著我慢慢走，好不容易來到浴室，他試了幾次，終於跨進浴缸坐下。

在燈光下看著修赤裸的身體，真是個尷尬的經驗。父親如果知曉我做的事，應該會嚇出心臟病，我和修之間還沒炒過飯，卻要清洗他的身體和鍋鏟。我告訴自己，想像成護士照顧新生兒，打開蓮蓬頭，先清洗修的頭髮和上半身，一大堆泥土隨水流而下，浴缸裡滿是黃色的泥水。哇！那麼多小時都包覆塵土中，應該很難受，真希望醫院的護士替修清洗，再讓他離院。等我幫他洗完上半身後，重頭戲來了，我倒些沐浴乳在手心，開始清洗修的私密處，起先有點糗，因為我從未近距離觀察過修的「工具」，那裡森林茂密，層層堆疊的香菇頭，實在不怎麼好看，我搓了幾下，鉛筆膨脹成香蕉。

「好消息，還能用呦！」

修擠出一個笑容。「謝謝你。」

「沒問題，精彩的猛男秀。美國舞男，你收支票嗎？」

修眨眨眼。「我會寄帳單給你。」

洗完澡後，我幫修穿上飯店提供的浴袍再躺回床上，修慢慢地睡下，我隨便洗個澡，然後將我們的衣物清洗乾淨，晾在浴室裡。獨坐在飯店房間的沙發上，心中憂慮，想打電話給爸媽，卻又不敢，因為他們以為我和修已經分手，畢竟這是我之前的說詞。該怎麼辦？修是因為我才受傷，我必須留下來照顧他。今晚誰來安撫我的焦慮和恐懼？看著我的手指甲，只有犧牲它了。

第八章

人生總有千萬難

痛苦的時刻，更顯現生命的價值

第二天，我們坐了一個多小時的旅館接駁車，從波府市抵達鹽湖城市的機場，準備再飛回紐約的甘迺迪機場。原先跟航空公司訂好的輪椅服務，從頭到尾沒出現，在機場櫃檯，地勤人員兩手一攤表示電腦內未註記，現在安排來不及。可憐的修必須忍著疼痛和頸椎移位的風險，自行走路上下機。在機艙裡，修不時地痛昏過去，我卻沒有其他更好的辦法減輕他的難處。兜兜轉轉好不容易回到格林威治村的公寓，等到家庭醫師上班日，接待小姐卻告訴我，因為修是新病患，約診至少等兩星期。原來生命的本質，就是千難後還有萬難。

我在電話裡苦苦哀求，最後接待小姐同意將修擠進第二天的看診時間，看過家庭醫師拿到專科轉診單後，才能和神經內科醫師診所聯絡，結果要再等兩個月才能排到神經內科的門診。「兩個月？他可能明天就掛了。」我在電話裡拜託服務人員有點同情心，哭喊著我男友脖子斷了，生不如死。

「很抱歉，預約已額滿，最快是三個星期，如果痛到受不了，去醫院掛急診。」

急診，謝謝不用了，我們才從那回來，急診室大夫什麼也沒有做。無可奈何之際，只有等待三星期後的門診。

這樣的時間點，我特別懷念母親，懷念她的聲音，她的陽春麵，她溫柔的叮嚀，陰天出門要帶傘，但我不敢打電話給她，因為我是一個說謊的孩子。在臺灣以法律系第二名畢業，前途看好的我，周遭好友都認為我應該成為司法官或檢察官，然而我卻在紐約，像個失敗者躲起來過著無業遊民的日子。

我撥通大姊在臺北公司的電話，或許她能開釋，解除我的迷惑。

姊姊劈頭問：「唉呦！小笨蛋，闖了什麼禍？」

「胡說八道，我想你不行嗎？」

「對對對，銘感五內，令人痛哭流涕。」

「奶奶最近有提到我嗎？」我必須知道奶奶是否因為我的背叛而詛咒我。

姊姊大笑。「她忙著做房地產，沒空理你。」

太好了，沒消息就是好消息。「假設有朋友因為你而受重傷，你會留下來照顧他嗎？」

姊姊停頓幾秒。「這不是你的錯，倒楣的事總會發生，在你能力範圍內，量力而為。」

「如果這個人，剛好是你喜歡的人，你該留下嗎？」

「人生有三難，賺錢難，交心難，做人難。我上個男友是別人的未婚夫，希望婚後繼續跟我交往。我告訴他，那是他妻子的責任去照顧他，不是我。」

「為什麼他不乾脆娶你呢？」在我的心中，姊姊是個美麗又溫柔的人。

「他家講究門當戶對，所以他要娶來自同等家族的人，我回他，魚與熊掌不可兼得。人生無法後悔，只有尊重你的本心。糟糕，老闆在瞄我，改天聊。」

姊姊的話像春風吹進心坎，雖然照顧修不是我的責任，我也懷疑自己適合修那樣複雜又難搞的家庭，可是我不能丟下他不管。

回到紐約市的頭幾天，我打電話給貝蒂報告修的狀況，後來直接把電話筒轉交給修去對話。照顧病人已經夠麻煩，還要聽貝蒂的電話指揮，尤其她常常追問修的父親是否來電，甚至開車到史東的住家去巡查，可是貝蒂一次也沒來曼哈頓探望過修。從康州到紐約市，坐火車不過一個多小時，我總盼望修的父母可以提供更多的幫助，他們的態度令人不解。

修叫我不要怪罪他的父母。「我父母尊重我的隱私權，如你所知，我爸是大忙人，我媽是離婚的單身女子，日子不容易。」

照顧修是件困難的事，尤其是在體力上，因為我必須把他從床上抱起來站著，他才能靠著我走去廁所。我覺得背痛到骨頭都要散了，不知這是車禍的後遺症還是將修抱上抱下太多次所造成。我沒有保險，也不敢告訴任何人我的傷，更何況修的頸椎還是痛，連手臂都麻痺了，他那麼需要我，我不能在他面前抱怨。

到了夜晚，修睡著後，我常覺得寂寞無助。在客廳裡，背靠著牆角凝視著磚牆，懷疑守護天使到底在哪裡？恐懼再一次纏繞我，好想大喊出胸中的沮喪，可是我的喉頭乾燥無聲，雙腳痠軟，如果跪下去禱告，恐怕爬不起來。

有一天的下午，修在沙發上打瞌睡，我趁機出門買菜。外頭下起雨，雨水融化街道兩旁積存的雪堆，手裡提著三大袋的東西，擔心要怎麼在結冰的人行道上行走？因為我曾經跌倒過幾次。在臺灣，唯一看過冰箱冷凍室結的霜，到紐約後，常幻想白雪世界的夢幻，真正住在這裡，卻有不同的體驗。雨後的曼哈頓，路邊白雪堆變成黃泥塊，滿地積水溼滑，過往汽車疾駛而過，濺上一身冰冷水花，脫口而出我新學的髒話，Fxxk。

緊緊握著購物袋，小心翼翼地行走，好像北極熊過冰山。當我到家把東西放在廚房後，赫然發現水槽裡有用過的玻璃酒杯，空氣中還殘留一絲酒精味。修應該知道止痛藥混酒喝是很危險的事，我走到客廳，修正躺在沙發上看書。

「喝酒了嗎？這對你不好。」

「沒有。我爸半小時前來過，他喝了杯伏特加。」

「為什麼這麼快就離開？我還沒見過他呢。」我懊悔錯過見他的機會。

「今天是他度假後頭一天上班，不想錯過火車班次。」

「哦！」我有點失望，需要這麼趕嗎？修的父親可以坐晚班火車回康州，難道他不想多花時間陪陪他的兒子嗎？

「他已經替我跟紐約醫院的 Dr. Smart 約了明早十點的門診。」

「好呀，你的保險會給付嗎？」根據我和健保公司的接觸，如果不是屬於體制內簽約的醫師，是不給付的，更何況他的健保要求轉診單。

「現在不要談錢。」

為什麼不？修是月光族，雖然薪水不低，但這城市處處要錢。看見修難看的表情，我立馬閉上嘴。我擔心太多，貝蒂說史東超有錢，既然他替修約大夫，一切可能都安排好了，我應該對修可以這樣快速看到專科醫師而心存感激。

第二天，修和我一起去紐約醫院。Dr. Smart 是個瘦長高大的人，態度親切溫和，我將修在猶他州拍的電腦斷層的片子給他看，然後他拿下修的護頸，仔細檢查修的頸椎動向。

Dr. Smart問：「感覺如何？」

修回答：「我的左臂麻麻的，脖子痛，頭痛。」

Dr. Smart把護頸戴回修的脖子。「根據電腦斷層影像顯示，你很幸運。」

「急診室醫師說，我頸椎第五六節有穩定性骨折。」

「沒錯，你還有一些神經受損，要治療疼痛，可能要開刀。不過成功率只有百分之二十，百分之六十完全沒作用。剩下百分之二十的機會，手術後可能終身癱瘓，我的建議是維持原狀。」

我插嘴問：「可是疼痛怎麼辦？他幾乎無法走動，如何回去上班？」

Dr. Smart點點頭。「隨著時間，痛楚應會減輕，要避免提重物和從事某種運動，例如滑雪或打高爾夫球，尤其是接觸性的運動和困難費力的活動。我會出示證明給雇主，讓他請假在家休養。」

「要多久？」

「看狀況，至少四到六個月，或許更久。」

復原之路似乎很遙遠，我們沒有存款，修不回頭上班就沒薪水可領。我懷疑修能說服他的繼母黛比，讓我們搬去和他們同住。最糟的狀況，如果史東願意照顧修，我就搬回臺灣。

我們離開醫院時，護理師交給我醫生證明和一張三百五十美元的帳單。

我嚇了一跳，小聲地對修說：「看病五分鐘，這麼貴。」

修聳聳肩。「這就是人生，幫我拿出皮夾，好嗎？」

我從修口袋拿出皮夾裡的信用卡，遞給護理師。她刷完卡後，將收據給我。修和我走出醫院大門，站在路邊等計程車，風雪迎面撲來，原本憧憬踏雪尋梅的畫面，如今我開始怨恨該死的冬天，希望這苦悶惆悵快點過去。人好矛盾，一旦得到，就不想要了。

回到公寓，隔著大門，我聽見屋內電話響聲，讓答錄機回應吧。打開門後，我先扶修坐到沙發上，答錄機接起電話後，電話就掛斷，隨後電話鈴聲又再度響起不停歇，我只好接起來。

「是賈姬嗎？我是貝蒂。」

「喵！我是莉莉安，賈姬是你的貓。」

「抱歉，莉莉安，修從中國來的美麗女友，請原諒我老化的大腦。」

中國？不，我來自臺灣。「讓我把電話筒交給修。」

「別急，我想感謝你照顧修，因為我實在沒空去紐約。你知道，身為單身老女人，討生活不容易，不像史東是財源滾滾的大律師。」

「了解，我能體會。」

「你是善解人意的小甜心，可惜到現在還找不到工作。最近我在紐約時報上，讀到關於一個俄羅斯的醫生，移民到美國變為計程車司機的報導，你不該比他更慘。」

我的心情往下沉，哪壺不開提哪壺？修說他的母親是民主黨人，尤其關注婦女權利和獨立自主的議題，然而每當貝蒂提起大學畢業的移民成為女侍或清潔婦的見聞，我的自信心不斷遭受打擊，好像那是我的下場，她的關懷使我更自卑，但我又無法堵住她的嘴。

「謝謝關心，修等不及要跟你說話。」

我將電話筒傳給修，不消幾分鐘，修就掛斷了。

「她想幹嘛？」我語氣冰冷。

修皺著眉頭問：「我媽跟我說她很感激你，為什麼你的口氣這麼差？」

我驚訝於修的反應，貝蒂說的對，女朋友來來去去，但她永遠是修的母親，無論她做過什麼。

「我媽替我約了星期五在斯坦福（Stamford）市的神經內科醫師門診。」

「康乃狄克州？以你的現況，為什麼要坐一個多小時的火車再去看保險體制外的醫生？」

「我媽說這樣她可以跟我在醫院碰面，如果我們在康州過夜，你可以留在她家，我去住我父親家。」

幾乎忘記自己是不受史東家歡迎的，但是我也不想待在貝蒂家，因為老不修亞當還住在隔壁。那件事發生後，偶遇亞當幾次，他從未道歉，像個無事人，我一輩子都不會原諒他。

「如果你要過夜，我就先坐火車回紐約，等到星期一你再跟你父親一塊兒回來。」

「你在這裡做什麼呢？一個人多孤單。」

「我想一個人獨處，你覺得灰塵有長腳，會自己走到垃圾桶嗎？我沒有管家，不像你父母家裡有清潔工，我們兩人間得有人來掃地洗衣服，很明顯的，那人不是你。」

「發什麼脾氣？沒人強迫你清掃，不要把你的挫折發洩在我父母身上。」修大聲咆嘯，面色漲紅，脖子青筋浮現。

「對不起。」我不能讓病人生氣。

修揮揮手。「我得打電話通知我父親，我會到訪。」

修打完電話後，我問他：「你父親同意讓你這週末去住嗎？」

「嗯。」

我搖搖頭，一時嘴快。「你自己的家，還要經過許可才能借住。為什麼你的父母對你這般疏離？」

修嚴肅地看著我。「他們有各自的生活，我已成年，只能靠自己。」

「但你不是他們生命中的一部分嗎？我知道如果我有三長兩短，我爸媽會立刻趕來。」

「這是美國，不要用你們中國人的眼光來看待，每個家庭自有其生存之道，輪不到你來品頭論足。如果不想留下，可以走，沒人攔著你。」修邊說邊喘氣，滿臉痛苦地坐下來。

「別生氣，喝點水，對不起。」我趕緊倒杯水放在咖啡桌上。

他的情況讓我想起了我的小弟，他是早產兒，體弱多病，因此大姊和我都要讓著他。如果我們和他爭吵，他的氣喘就會發作，開始生病，然後爸媽就會怪罪我們，即便是弟弟起的頭。總之對應病人的尺度非常麻煩，我不禁懷疑自己是為真愛還是罪惡感才留下來。

我問修：「要開刀嗎？」

「尚未決定。對了，我爸說他們事務所有個缺，你可以去聯絡人事處經理麥德玲，安排面試。」

我睜大眼睛。「什麼樣的工作？」

「律師助理，我知道不是你想要的，但總是一個開始。」

我的心情盪到谷底，助理工作不需要法律學位。如果父母知道我留在美國當助理，他們恐怕會因為我浪費UCLA的法學碩士學位而埋怨不平。

赴美之前，父親再三警告我悲慘移民的故事，例如原先在母國是科學家，移民後只能當清潔工收垃圾。奶奶會對我非常失望，尤其是我花了她三萬美金去念碩士。如果同學知道我所做的事，大家都會嘲笑我吧！我不想活在沒尊嚴的世界裡，但是我有其他選項嗎？修不能工作，我不能離開受傷的他回臺灣，帳單每天在桌上堆積，一文錢果然能逼死英雄好漢。或許我能像法國同學蜜雪兒一樣幸運，她在洛杉磯也是律師助理，事務所承諾，一旦取得執照，會幫她辦綠卡和升任為正式律師。

「如果有一天應徵律師工作，如何向未來的雇主解釋我的頭銜呢？」我不想被助理工作定型。

「就說是法務人員，往好處想，我爸說，也許有機會在事務所升為律師。」

「真的？替我謝謝他，我現在就打給麥德玲。」

「還有一件事，我爸不希望他的同事認為他關說雇傭的過程，所以你萬萬不可提起他的名字，沒保證錄取，全憑你的造化。」

「別擔心，我會守口如瓶。」

第九章

都是水餃惹的禍

不要期待別人溫柔以對，這世界要靠自己變強

曼哈頓一九九三年四月

修受傷後的第三個星期，我開始在他父親的事務所上班。上班地點，位於曼哈頓中城遠眺中央公園的洛克菲勒中心的三十樓。人事處經理麥德玲，金髮碧眼，梳著包頭像個老學究，把我介紹給共享辦公室的另位律師助理，信託遺囑法部門的艾美。嬌小的艾美，年紀四十左右，留著一頭捲捲的蜜金色短髮，雙臂戴著黑色長手套罩在白襯衫上，手指不停地在計算機和電腦鍵盤間飛舞。我們的辦公室暗黑無光，沒有窗戶，一盞日光燈在頭頂閃爍，兩張陳舊的電腦桌並排，與明亮高雅的大廳和奢華的律師辦公室相比，走得是清潔工的儲藏室風格。

在紐約，人人忙碌，沒人有空停下來問你是否需要幫助。在臺灣時，我們常用美國時間來形容一個人

有多忙，自從搬到紐約後，我覺得用紐約時間來形容更貼切。我必須獨自行動，工作上的問題靠自己找答案，不像其他新進律師有合夥律師們手把手的教導。

看著手腕上，母親在我高中畢業時送的禮物，那是她黏了一年的聖誕飾品賺的錢攢下買來的鍍金精工錶。每當我焦慮徬徨時，摸摸手錶，不鏽鋼的光滑錶帶提醒我，再多的困難，總會度過，繼續堅持下去。就像她對我的愛一樣，流淌在手錶裡，流淌在我的衣服裡，流淌在我的食物裡。

「咦！有人在吃中國菜嗎？」一個高大的中年男子走進來。「老遠就聞到。」

我立刻把塑膠盒蓋上，將餐盒移進抽屜。

艾美起身，對我說：「莉莉安，來和我的老闆，董事總經理，比爾．戴利打招呼。」

戴利先生年過半百，約莫六呎四吋，留著一頭銀灰色頭髮，像肯德基廣告形象上的那位上校。我從椅子上跳起來，伸出手。「很高興見到你，戴利先生。」

他輕輕一笑，和我握握手。「你的午餐是什麼？非常香。」

「水餃。」

他轉身對著艾美。「噢！你怎麼能天天忍受這味道？如果客戶走進來，還以為我們事務所的人整天沒事幹，都在吃。」

我嚇到不敢回話，等比爾走遠後，開口問艾美，比爾的評論是何意？「午餐時間不是十二點到一點嗎？我在規定的時間內用餐。」

艾美嘆了一口氣，摘下她的老花眼鏡。「我的小朋友，想聽真話嗎？」

「是。」

「我個人對你的中餐毫無意見，但有的人覺得你們的食物味道太濃，比爾是老派人物，他只在乎事務所的形象。」

漢堡炸雞沒味道嗎？唉！形勢比人強，除了臣服，又能如何？

有一天我走進資深律師潔西卡的辦公室，請教她可有工作分配給我，她皺起眉頭，不停地旋轉手上的筆。

「你恐怕不知道，事務所剛僱用一位一年級的律師，你的工作性質會有所調整。」

「這話什麼意思？」

「我給你的工作，基本上是一年級律師才有機會承擔，現在狀況改變，我也沒辦法。」

「明白，謝謝你。」

懷著一顆受傷難平的心，我走回辦公室，跟同事艾美打過招呼後，坐回自己的位子。

艾美問我是否願意贊助她參加為愛滋而走的運動，我問她那是什麼？

「我走十英里替本地的愛滋病服務社團募款。」

「公益活動，好有愛心。可以捐五塊嗎？我賺的不多，合夥律師們應該會簽比較大張的支票給你。」

「任何數字都好，合夥律師也有小氣鬼。譬如說上星期我去史東．凱勒的辦公室募款，他對我愛理不理。」

有關修父親史東的議題，讓我非常困擾，不敢多話。我不確定艾美知不知曉他和我的關係，畢竟他是介紹工作給我的人。

「你在說笑吧。」

「我做了十二年的律師助理，發現合夥律師寧可把錢灑在夢幻旅遊上，也不會贊助這種無法帶來公關效應的慈善運動。」

仗義半從屠狗輩，負心多是讀書人，我把支票遞過去。「聽說我的部門僱用新律師？」

艾美笑著把我的支票收進抽屜。「知道你遲早要問我，這位新律師布萊恩，愛爾蘭人，來自都柏林，耶魯法學碩士畢業，正在等律師考試放榜。」

我緊閉雙唇，捏皺手邊的便條紙，有著類似的學歷，為什麼我被僱用為助理，別人卻是律師？父親的話是對的，在美國我比黑人的待遇還糟糕。轉瞬間，我的世界開始傾倒，悲傷如影隨形，只剩下一個空蕩蕩的軀殼。

「別難過，那傢伙是資深合夥律師，迪克的麻吉的姪子。」

「我，我了解。」很想說些話來掩飾內心的忌妒和脆弱，但是全身好像被電到，腦中無意識的運轉，心裡的聲音重複著，「失敗者，一切都結束了，逃走吧。」

艾美嚴肅地望著我。「記住，你是有才華的年輕人，無論發生什麼事，切勿妄自菲薄。」

「謝謝你。」我從抽屜的袋子裡，拿出自製的火腿起司三明治午餐，一口一口的撕咬著。吐司麵包冰冷堅硬，讓人機器式咀嚼不用思考，而我的心卻像拉繩上的迴力球上上下下，無法平靜。這三明治就像大老闆比爾所要求，簡單而無味。吃的三明治越多，越對失去家鄉味感到害怕，最糟糕的是，開始覺得無論多麼努力，永遠無法融入這個地方。

還沒吃完午餐，茹絲．柏克，資深合夥稅務律師，打電話叫我去見她，我趕忙將剩餘的三明治丟到垃圾桶去赴約。茹絲約五十歲，是事務所第一位晉升為合夥人的女律師，她畢業自哈佛法學院，公餘時在哥倫比亞大學法學院兼任教授，平常連個眼神都懶得給我。

茹絲穿著深咖啡色的套裝，坐在豪華的橢圓形辦公桌後，像個女王蜂盯著我，站著就能聞到她嘴裡哈出的酒精味。

「會使用 Lexis 法律搜尋系統嗎？」她站起來打開牆邊櫃子，拿出一瓶威士忌和小酒杯。

「我很熟悉那套作業系統。」心想白天在辦公室喝酒合乎規矩嗎？

「把桌上的檔案夾內的文件研究一下，找出相關的法條和案例，寫份分析優缺點的報告，今晚送到我家。通常這是新進律師的工作，可是我的客戶預算有限，你很幸運得到這份任務。」茹絲說完，將小杯的威士忌一飲而下。

原來如此，利用我替客戶省錢。「感恩，謝謝你想到我。」

「客戶只付兩小時的研究時間，沒有其他名目的加班費。」

我點點頭，基本上多花的時間就是做白工，因為研究加寫報告絕對不止兩小時。

「你家在哪裡？」

「去問我祕書。」茹絲連頭都沒抬，只顧再倒一杯威士忌，這是自動離場的信號。

回到自己的辦公室，跟修通話，告訴他我會晚點回家。忙碌一下午，終於在七點左右趕出報告。一般來說，如果律師工作過七點，事務所提供私家車送回家，但是茹絲已經言明，我沒有這樣的待遇。

將圍巾緊緊纏裹在脖子上，戴上耳罩走出大門。由於四月下旬突然下場大雪，夜晚格外冰涼，感覺到小美人魚故事中所形容，美人魚的尾巴化作人類的雙腿，每走一步如同在刀刃上行走而疼痛流血。我腳底這雙便宜的皮鞋，粗糙的塑膠皮邊緣壓擠著腳後跟的皮膚，也開始脫皮流血。為了省錢，我忍著腳痛，先搭巴士又走好長一段路，花了四十五分鐘才抵達茹絲位於上東城的四層樓透天厝。按了一樓門鈴，告訴應門的管家，我是茹絲的助理，帶工作報告給她。管家說茹絲在招待客人，快遞請到地下室敲門送件，我還來不及辯解，砰一聲大門就關上。只好走下門前階梯，打開前院旁的小鐵門到地下室門口，一位身材纖細有著東方面孔的年輕女子開門，她看起來有點膽怯，操著和我類似的口音說：「跟我來。」

地下室有大廚房，幾個廚師忙進忙出準備食物，空氣中充滿豬肉油香味，我瞄著桌上的前菜，烤培根包蝦仁，肚子咕咕地叫起來。替我開門的女子，回頭看我一下，我衝口說出中文：「不好意思。」

她竟然回我：「沒關係。」我們簡單交談，原來她也來自臺灣，叫小花，而她的英文名字是蘇。人的緣分真奇妙，在這樣的場合遇見同鄉，本想多問幾句，心中突然生出白頭宮女話當年的感慨，只有沉默以對。我們從地下室往樓上走，經過一樓客廳，遠遠傳來悠揚的古典樂聲，茹絲、比爾、迪克等合夥律師和幾位新進律師正聚在一起聊天，布萊恩站在迪克身旁，聽著大老闆比爾說話而笑到彎腰，我徬徨是否該走過去自我介紹後加入他們。看見布萊恩璀燦的笑容和高聳的鼻梁，讓人羡慕又忌妒，如果眼神可以殺人，他恐怕已經千瘡百孔。希望有一天，我也能被邀請參加茹絲的派對。

送完文件後，回到家時已經快九點，查看樓下大廳的信箱，收到一封來自紐約律師公會的信。我的雙手微微顫抖，漫長的等待終於結束，這是二月律師考試的結果。我不敢打開，因為這封信決定我的將來。萬一我沒考過呢？實習簽證效期只剩一個多月，不夠我留在此地再參加七月的考試，況且我現在全職上班，恐怕也沒有相同的時間和精力準備。我搖搖頭，讓上天決定我的命運吧！屏住氣息，撕開信封，將信展開。

不敢相信自己的眼睛，彷彿從肺臟釋出一個巨大的氣球，所有的憂慮在瞬間消失無蹤。我做到了，我通過紐約州的律師考試，真想帶著國旗到中央公園跑一圈，像是運動選手贏得奧運金牌一樣，大聲呼喊，我即將成為美國的律師，辛苦有了代價，沒人能阻擋我邁向成功之路。終於可以告訴父母，我沒有為男人放棄自己的前程，就這麼一次，我比小美人魚強。

我趕緊搭電梯上樓，一入家門，修正坐在客廳看電視。

「跟你說個好消息，我通過律師考試。」我蹦蹦跳跳像剛吃過糖的小孩。

「太棒了！」修從沙發上站起來，給我一個擁抱。「早跟你說不用擔心，就知道你一定會過，有人賭輸欠我一個吻呢？」修指著他的右臉頰。

我親吻他的臉，修捧著我的臉龐，給我一個綿長的深吻。「真為你高興。我知道你會成功，因為……」修等著我接話。

「因為你無所不知，謝謝你對我有信心，我要打給我媽和洛杉磯的同學。」

修點點頭。「現在時間太晚，我明天通知我父親這個好消息。」

我微笑看著修，幻想下次接到茹絲邀請時，要穿什麼樣的禮服去參加宴會。

「有件事要跟你提，下星期一我回去上班。」

我睜大眼睛，不敢置信。「醫生說至少要休息四個月，更何況你戴著護頸，怎麼掛領帶？別忘了兩個月前，世貿大樓的爆炸案，你們辦公室不吉利，為什麼急著回去？」

「我需要可計費的工作時數，不然會被炒魷魚。我的事務所每年僱用三十位的一年級律師，一兩年後，超過一半以上都會離職，我不能等到那種事發生在我身上。」

「你如何在辦公室坐整天？你還是會痛呀！」我不死心，想勸誡修。

「我看過三位神經內科醫師，有三份處方箋，止痛藥是我的生死之交。」修試著開玩笑，可惜我笑不出來。

第十章

今晚不吃中國菜

投資自己，跟奧黛莉赫本的老師學英文

天空是湛藍色，小鳥在歌唱，連計程車司機的喇叭聲都顯得如此悅耳，我穿越在城市中來往頻繁的交通裡，深深感受唐詩中所形容的「春風得意馬蹄疾，一日看盡長安花」的喜悅。有喜事當然要發喜糖慶祝，我在住家附近的韓國人開的雜貨店，買了金莎巧克力，準備分享給同事。

助理艾美是事務所內第一位恭喜我的人。「年輕人，你應該為自己感到驕傲，尤其是布萊恩這次沒通過律師考試。」

「真的？事務所會怎麼做呢？開除他？」我虛心猜想事務所讓布萊恩走，而晉用我為律師。

艾美搖搖頭。「通常會給他第二次機會，我甚至見過律師考過三次。」

「事務所倒是挺慷慨的。」

我去律師潔西卡的辦公室跟她報喜和送巧克力，她微微點頭，我感謝她給我的指導。

「我要怎樣才能從其他律師那裡，獲得更多有意義的工作呢？」

潔西卡將手中的筆放下，靜靜地望著我。「能說實話嗎？」

「求之不得。」

「有些律師對你的口音有意見，他們推說聽不懂你說話。對我而言，完全不造成困擾，我自己也有長島口音，但是人們可以很挑剔。」

潔西卡的話如五雷轟頂，難怪我曾看到其他律師聚在茶水間閒聊，試著加入其中，他們不是鳥獸散，就是把我當空氣。要如何改變我的臺灣口音呢？基本上從臺灣來的都是這樣說英文，我從來不知道自己有口音，直到在 UCLA 的法國同學蜜雪兒告訴我，美國人覺得她說的英文迷人，因為她有歐洲大陸的口音，但是我的東方口音就很慘，雖然她覺得挺不公平的，但這就是現實。許多美國人沒有耐性聽東方人講英文，好幾次在電話中，客服人員拒絕改正我帳單上的錯誤，聲稱他們聽不懂我在講什麼。我覺得他們是找藉口敷衍，當我威脅要改換其他公司後，突然之間，他們全聽懂，也願意退錢了。

「怎樣做才能改善我的處境？」

「聽說過語言治療嗎？」

我搖搖頭，為什麼需要語言治療？我又沒中風。

「語言治療師可以幫助人們改善他們的聲音或口音。」

我向潔西卡致謝，回到辦公室，問艾美是否認識語言治療師。艾美說我需要的是語言教練，在她的社區戲院，有演員請語言教練指導練台詞，她說我可以翻黃頁電話簿找找看。

我跟大廳的櫃檯小姐借電話簿，根據語言治療師項目下所列的電話，一家家的詢問。有的人專注在腦傷病人的語言復健治療，有的專注在孩童語言訓練，最後找到位於中城的老師，伊麗莎白．迪克森。她的聲音飽滿悅耳，就像電影片頭的導言人，說著故事發生在「好久好久以前……。」讓人立刻喜歡上。我問她是否有教過外國人的經驗。

迪克森女士問：「看過電影窈窕淑女嗎？」

「當然，奧黛莉赫本是我最喜歡的女明星之一。」

「其實幕後真正教導奧黛莉赫本的是我的先夫艾爾夫德．迪克森，我是他的助理，傳承他的工作至今。」

哇！好驚人的背景。我對自己能同電影中，低層的賣花女轉變成淑女的過程，感到非常興奮，問學費是多少。

「一堂課是一百五十美元，身為初學者，你的狀況至少一星期要上兩堂課來移除口音。」

聽到這裡，我開始頭痛，因為我的稅後時薪不過十美元，三分之二的薪水都交給修去付部分的房租和生活費，所剩無幾。英文諺語說，要先花錢才能賺錢。如果想在紐約成功，必須改變人們對我的態度，相信小美人魚也會同意我的做法，畢竟她無法為自己發聲，因而失去王子。

「何時可以上課？」

「星期六早上十一點，到我公寓來。」

我開心地掛掉電話，桌上電話突然又響起，是人事處經理麥德玲叫我去她辦公室。口袋裡裝著巧克力，雀躍地走進麥德玲的辦公室，她應該是聽到風聲要向我恭喜。

麥德玲梳著一絲不苟的包頭，雙眼緊盯電腦螢幕打字，頭也沒抬，隨口叫我坐下。我安靜地等在一旁，心想要噴多少髮膠才能hold住她的髮型。

十分鐘後，她終於停下來轉身面對我。「知道為什麼你在這裡嗎？」麥德玲單調的語音像機器人一樣播放。

聽起來不對勁，彷彿回到小學時，被校長叫進辦公室的感覺。「您先說。」

「聽說你通過律師考試，恭喜，我想告誡你，不要告訴任何人，尤其是客戶，關於你的考試結果。如果客戶知道你有律師執照，會讓事務所很難堪，懂嗎？」

我不敢相信耳朵裡聽到話，為什麼通過律師考試反倒成為難堪之事？我們的客戶應該更高興有律師為他們工作，卻只需付助理的便宜價錢。連遠在洛杉磯的法國同學蜜雪兒，知道我通過紐約的考試後，急忙問我如何報名，因為她同樣沒有足夠的學分去報名加州的律師考試，然而一旦成為紐約律師，就能用律師身分去報考加州的考試。

胸中的欣喜，一陣風吹涼。「明白，不過我的簽證快過期，需要申請工作簽證。」

麥德玲像隻驚弓之鳥，尖聲對我喊：「你怎麼可以撒謊，不是有綠卡嗎？」

一股冷流從頭竄到腳，我直視麥德玲發狂的眼睛。「上班第一天，你就把我的護照和實習工作文件影印過，上頭列有簽證期限，我從沒說過有綠卡。」

麥德玲手指按壓她的前額。「真是個攪家精，當初早說需要工作簽證，我們會重新考慮僱用你。」

緊咬牙關，阻止內心想大聲對她說，幹。終於明瞭為什麼紐約客說話的句子中都夾帶 fuck，艾美說大老闆比爾．戴利曾幫布萊恩的簽證申請文件簽字，這女人卻來刁難我？

「我必須向戴利先生報告這件事，你走吧。」麥德玲搖搖頭，揮手叫我離開。

我從椅子上站起來，無名火在胸中燃燒，手指捏爆口袋裡的金莎巧克力。我步出麥德玲的辦公室，心裡咒罵「fuck you」千萬遍。

我回頭問艾美，為什麼不能告訴客戶我有律師執照？

艾美同情地看著我。「介意告訴我，你的薪水是多少嗎？」

「兩萬八，一年後有七天假期。」

艾美眼睛瞪大。「那麼少！我們事務所，助理起薪通常是四到五萬，連祕書的薪水都比你多，像我這樣資深的律師助理，一年是八萬。麥德玲恐怕是怕妳告工作歧視，才會那麼兇。」

「我永遠不會控告事務所，我該怎樣做？」說著說著，不自覺地哽咽起來。

艾美拍拍我的背。「問問和你一起工作的合夥律師，或許可以給麥德玲壓力，替你申請工作簽證。」

我點點頭，向艾美道謝。

艾美給我一個大大的擁抱。「別擔心，船到橋頭自然直。」

懷著沮喪的心情回家，與早上出門時飛揚的情緒對比，令人難以適應。對亞洲人而言，美國居大不易，該如何告知修，今天在事務所的遭遇。

打開家門，放眼望去，有點不對勁，華爾街日報大大地攤在餐桌上，旁邊還有一瓶伏特加，米色地毯上散落著骯髒的鞋印。那不會是修，因為他已學會進室內要先脫鞋，該不會遭小偷吧？聽說過竊賊喝醉，結果睡在屋內。突然間客廳傳來聲響，我一下子全身僵硬，該衝到廚房去打電話報警，還是先跑往門外自保？

「修，是你嗎？」一個女人出聲。

這聲音聽起來好熟悉，我立刻走進客廳，竟然是貝蒂。

「你怎麼進來的？」今早離家時，我很確定門有上鎖。

貝蒂躺在沙發上，像剛醒來。「嗯，是你呦！修給我鑰匙讓我隨時都可進來，我剛才去逛現代博物館，今晚決定在此過夜。」

修沒經過我的同意，就給他母親公寓鑰匙的舉動，令我生氣。我已經將一半薪水交給修支付我們的費用，身為一半的屋主，難道不該參與有關我們鑰匙的決定？我並不反對貝蒂來過夜，只是修沒有他母親房子的鑰匙，要先得到她的同意才能探訪，為什麼她卻可以擁有我們的鑰匙呢？最起碼，修應該事先說一聲。

「想要喝點飲料嗎？」我抑壓胸中的怒火輕聲的問，畢竟來者是客。

「不用麻煩，我喝過伏特加，」貝蒂指著桌上的酒杯。「你應該換個比較好的茶几，這個又小又醜，我知道妳們中國人天生小氣。」

這是修和我在跳蚤市場，在能力範圍內，花了五十美元買的茶几。聽到貝蒂的批評令人火大，如果我回嘴，等會兒貝蒂跟修告狀，修又要和我吵架。解決的唯一方法，就是眼下不隨她起舞，按捺下我的尊嚴。

「我會告訴修。」
貝蒂點點頭。「聽說妳通過律師考試，恭喜呀！」
「謝謝。」
「你是個聰明的女孩，我真的喜歡你，不過你這一型，是無法在事務所成功立業。修的哥哥查德，曾經在史東成立的事務所擔任暑期實習生，當史東結束自己的公司，加入這家事務所後，其他合夥律師拒絕僱用查德為律師，結果史東另外在華盛頓特區塞給查德一份爛工作。」
我望著貝蒂的嘴像金魚一般重覆張開又閉上，漸漸失去聽她說話的興趣。為什麼這麼多人覺得我不夠資格做律師呢？我的胃像毛巾扭過一樣痙攣疼痛，不懂為何在臺灣我是明日之星，到美國就淪落成陷入無盡黑暗，瞬間消逝的流星。我還沒想好如何回應，門把再度轉動。
「你們倆都在。」修邊說邊脫下鞋子。
「我最愛的兒子回家啦！過來給你媽媽一個吻。」貝蒂起身，親吻修的雙頰。「我剛剛恭喜你可愛的女友。」
修點點頭。「她很認真用功，我們出外吃飯慶祝吧！」
「太好了，我隨時可以走。」貝蒂拿起茶几上的皮包，往大門移動。

我開口問道：「修，可以來房間幫我找個東西嗎？」

修和我進了房間，我關上門後，問他為何沒告訴我，把鑰匙給了他媽。修一臉懵懂，夾雜不解地說，這沒什麼，當他媽來拜訪時，我們都不用在家替他媽開門。我說至少要事先通知一聲，因為我被他媽嚇一大跳，修拍拍我的肩膀，跟我道歉，說他全忘了，下次一定記得。

可是我還是生氣，今天絕不是好日子。我告訴修，人事處經理麥德玲不願意為我申請工作簽證，貝蒂說史東的事務所沒有僱用查德，我也沒有好下場，說著說著眼淚滴滴答答往下掉，我蹲下來，雙手掩面，低聲哭泣。

修張開雙臂面向我。「別哭，給我一個擁抱。」他把我拉起來，手緊緊環繞我。他的擁抱溫暖，強壯的手臂支撐著我脆弱的身軀。

「我哥的事說來話長，當他做實習生時，我爸的合夥人逮到他在會議室的衣櫃裡打瞌睡，因為他前一晚在派對裡通宵喝酒，宿醉難醒，你和我哥是完全不同的人。」修拿出口袋裡的手帕擦乾我的眼淚。「至於你的簽證，我會跟我父親商量。笑一個，事情會解決的，相信我，我們會排除所有的困難。」

「多抱我一會，我真的好累。」我小心翼翼地避開修的護頸，將手臂放在他的肩膀，他的溫柔懷抱讓我暫時忘記痛苦，我渴望他的體溫填補我搖搖欲墜的心靈。我相信修是愛我的，可是我不知道他的愛能撐住我多久，來抵抗這艱澀困苦充滿敵意的環境？做條逆流而上的鮭魚不容易，更何況交配產卵後還是要死，這未免也太悲慘。

急促的敲門聲，伴隨著試圖轉動的門把，打斷了我們相處的靜謐時光。「愛情鳥，可以走嗎？我快餓死了。」貝蒂氣急敗壞地從門外大聲地喊。

修嘆口氣，把我的手臂放下。「其他事晚點再說，我們應該出門。」

修整理下他的襯衫，立刻把門打開，貝蒂面帶挑釁地看著我。「今晚我要吃牛排，抱歉，沒有中國菜。」

第十一章

尋找自我回憶殺

姊姊哲學，勇敢追愛享受快樂，過程最重要

自一九九一年夏天到 UCLA 念書，我和姊姊已經兩年沒見面了。從小我和姊姊共睡一張床，直到我念國中，姊姊上高中，才分床而睡。姊姊是個溫柔體貼輕聲細語的人，每當有人上門推銷以慈善為名的雜誌，即便姊姊自己沒賺什麼錢，她還是會訂下雜誌，我常在她關門後，追出去攔人，取消訂閱把錢要回來。媽媽告訴我，姊姊現在上班的公司，贊助她去美國堪薩斯大學，攻讀在職進修管理碩士班，因此她會到堪薩斯州兩星期，順道來紐約拜訪我四天。

好開心能和姊姊相聚，但是我害怕讓她知道我和外國男子同居，因為祕密是藏不住的，我只好委屈修暫時搬回康州幾天。修說他很想認識我的家人，難道我以他為恥嗎？我拉長臉告訴他，我也希望能將他介紹給我姊，可是我怕父母發現我們同居的事實，更別

提修的父親到現在也沒跟我見過面呀。沒錯，我們還在同一家事務所上班。

修生氣地回答，一碼歸一碼，不要把他的家人牽扯進來。在我的拜託下，修心不甘情不願地妥協，把他的衣物裝進行李箱打包帶走。看著他下垂的雙肩，緊閉的雙唇，我的內心也不好過。在公司，我儘量不和修聯絡，以防有人發現我是史東兒子的女友。在家裡，修不能接電話，以免我的親友打電話給我。無論我怎麼做，兩邊不是人，父母和男友都對我失望。我們為愛情所做的犧牲，到底值不值得？愛情的路走的好憋屈，何時才能抬頭挺胸不畏人言。

兩天後的傍晚，我在紐約甘迺迪國際機場，左顧右盼地等著姊姊，深怕一個閃神，忘記姊姊的模樣。過了四十分鐘，一個女子穿著白色T恤，上面印著紅色I Love NY的圖案，下身穿著藍色牛仔褲，笑臉盈盈地站在我面前，這就是我的姊姊如儀。

姊姊雖然已經二十九歲，但看起來像是剛從大學畢業的年輕女子。她繼承母親的美貌，有著水汪汪的大眼睛和墨黑如絲的秀髮，每眨一次眼，長長的睫毛，像蝴蝶翅膀輕輕閃動一樣好看。相較之下，我是家裡的醜小鴨，姊姊的高中同學，以為我才是姊姊而不是小三歲的妹妹。

我接過行李，問起姊姊學校的生活。她說碩士班十分有趣，在堪薩斯大學上十天的密集課程，然後到科羅拉多州上四天的團體訓練兼觀光活動。整天說英文，她覺得好累，舌頭都要打結了，真希望像我一樣有勇氣，早點來美國學習。我笑著回答，人生永不嫌晚。

姊姊搖搖頭。「奶奶三不五時催我嫁人，早知道大四那年，媽拿錢給我去補托福時，我不該為了談戀愛，天天翹課。」

提到奶奶，我緊張地問起她的狀況，姊姊對我扮個鬼臉說，奶奶常常問父親我的歸期，父親對於我還待在美國，非常不高興，因此奶奶表示再也不會負擔任何子孫出國留學。這次姊姊修讀在職進修碩士班，公司贊助一半的學費，她自己申請助學貸款來支付剩下的費用。

我咬著嘴唇，酸楚點滴在心頭，當我背叛奶奶時，早該知道後果嚴重。「對不起，你因為我而受罪。」

姊姊拍拍我的肩膀。「別擔心，你姊很堅強，看我身上的T恤，你應該享受住在這裡的經驗，我還幫你買了一件，你大概不會買這樣的東西犒賞自己吧！」姊姊從她的包包裡抽出來給我。

知妹莫若姊。到美國後，我沒有買過一件新衣服，因為什麼都要錢，二手商店和跳蚤市場成為我的好朋友。在這住久了，發現自己專注在找到更好的工作和賺更多的錢，卻忘記欣賞沿途的風景，不知不覺迷失在黑暗的森林，垂死掙扎還找不到迎向光明的小徑。

我向姊姊道謝，告訴她每穿上這衣服，就會想起她。

姊姊笑笑地說：「瘦皮猴，從小活得像隻小蜜蜂，每天忙著團團轉，到處嗡嗡嗡。現在讓我們慶祝你考上律師的偉大成就。」我點頭同意，帶著姊姊搭計程車回到格林威治村的公寓。

姊姊環顧四周摸著家具，問我如何負擔得起這間高級公寓？當她把行李放進臥室的衣櫃時，發現一個綠色的洗衣袋，裡頭裝著一件男性的內褲。

我忘了修的待洗衣物還在衣櫃中，只好扯謊說我和房東達成協議，他可以將家具和私人物品留下存放，我只需付市價一半的租金，至於內褲是房東忘記帶走他的洗衣袋。

姊姊一臉莫測高深地看著我。「嘿！有趣的房東，你很幸運做他的房客。」

我不確定姊姊相信我的藉口，趕緊督促她到客廳坐坐，姊姊問我，你在 UCLA 遇到的男子，結果去哪？

我該告訴姊姊我正和他同居嗎？不，我不敢，我不想給她找麻煩。「畢業後，我們分手了，如今他在華爾街上班。」

「太可惜了，我是老大，父母所有的規矩由我來打破。至於你是老二，應該好好享受人生，勇敢談戀愛。」

我搖搖頭。「你真這麼覺得？可是爸爸一聽到我認識一個男人，就威脅去自殺。」

「別自責，老爹是有病的怪老頭。兩個月前，他沒問過媽的意見，就自行申請五十五歲提早退休，我猜想他可能患有某種憂鬱症，把退休金一次領完交給媽，自稱不久人世，用不著。」

「蝦米？媽沒跟我提，那日子怎麼過？」

「媽不想你擔心，她說服爸爸將退休金放入公司的員工優惠存款帳戶，每月領點利息度日。為貼補家用，媽媽日以繼夜縫更多的禮服，因為奶奶的金援減碼，只負擔小弟醫學院一半的學費。」

我心頭絞痛，充滿羞愧，從小努力讀書，希望長大後能幫助父母改善家計。搬到美國後，工作勉強餬口，不禁懷疑留在此地是個錯誤。

姊姊輕撫我的背，叫我別難過，爸媽會好好的，不要瞎操心。

「奶奶的房地產發展如何？」我猛然想起媽媽曾說過，奶奶和有黑道背景的建商合作蓋房子。

「商業大樓已經完工，爸爸和叔叔兩人代表奶奶去和租戶簽租約，不過房子雖然登記在爸爸和叔叔名下，所有的事和租金都是奶奶在管。」

「既然爸碰不到錢，為什麼媽說一旦完工，他們的生活會好轉？」

「傻子，奶奶有老的一天，好好活著總會等到，你就專心在紐約生活吧。最近有遇到好對象嗎？」

我搖搖頭，從沙發起身走向廚房，準備晚餐。「每天累的像狗一樣，誰知能撐多久，哪有心情去約會。對了，你可曾後悔大四那年談戀愛，結果那人考上T大研究所後另結新歡，把你甩了？」

「不提也罷，年少輕狂，我們從錯誤中學習嘛。」

「為什麼後來你還跟已經訂婚的人交往？」

姊姊聳聳肩。「人在一起開心就好，他還教我打高爾夫球和保齡球耶。」

「可是奶奶不會同意這些人。」

「沒人能從開頭就預料到結尾，我們只能多方嘗試。」

我起油鍋爆香，將已切絲的蔬菜，碎肉，蛋和蘑菇等食材下鍋翻炒。「說起來簡單，做起來難，我害怕後果無法承受。」

「從小你就愛想太多，不論你跟誰在一起，我都支持你。好香，這道菜叫什麼？」

姊姊像獵犬一樣賣力聞著空氣中的味道。

「炒雜碎，據說是十九世紀時，舊金山跟隨淘金熱的中國人發明的。」

「我們姊妹團圓菜。離家後，你學會做菜，這是值得慶幸的成就之一。」

看著姊姊欣喜若狂的誇張表情，我不禁大笑起來。「從電鍋裡盛飯，我們可以開動了。」

第二天早上，我帶姊姊去參觀大都會博物館。坐地鐵到曼哈頓上東城，這裡是曼哈頓知名度最高，歷史最悠久的高級住宅區。門房戴著白手套穿著制服和帽子，畢恭畢敬地替房客開門。外面的氣溫約莫攝氏十五度，陽光普照，姊姊拿出雨傘替我倆撐著防曬，我們漫步在街頭，彷彿是十九世紀的仕女走在歷史場景裡一樣愜意。姊姊說我應該搬到這區，我回答上東城是全紐約市最高貴的區域，負擔不起。

「誰知道？說不定你和藹可親的房東，也有房產在這裡。」

「別亂開玩笑。」我懷疑姊姊可能知道房東就是我男友。

逛完博物館，我帶著姊姊去品嘗紐約市有名的路邊熱狗攤，然後走路到中央公園。姊姊看到公園前一排威武雄壯的馬，配著具有歷史意義的馬車，堅持要坐馬車遊園，我嫌二十分鐘旅程要價四十美金太貴，拉著她離開，但是姊姊文風不動，說這是她的禮物。她付了車資，我們上車，膝上裹著溫暖的毯子，隨著馬兒搖擺的步伐，聆聽輕柔的馬蹄聲，還有什麼比這更浪漫的事。

馬車緩緩前行，經過公園裡起伏的山丘，我們放鬆心情欣賞鬱鬱蔥蔥的景色，短暫逃離城市喧囂，看著公園聞名的景點，沃爾曼溜冰場、「想像」馬賽克、溫室花園、中央公園大水庫、拱橋和夢幻的旋轉木馬。在這個世界上最著名的公園中，驚嘆於城市天際線和大自然的寧靜，像是十五年前在臺北的兒童樂園坐摩天輪一樣，姊姊和我重拾往日的歡樂時光，彷彿我們未曾分離。姊姊開心的笑感染了我，我不再憂慮害怕，因為我知道自己並不孤單，姊姊永遠在我的心裡。

旅途的終點，馬車夫讓我們餵馬吃胡蘿蔔，並且幫我們在馬車前拍照留影。姊姊是對的，這趟馬車行絕對值得，如同她所說，我們永遠會記得在紐約這片綠洲上的美好回憶。

快樂的日子總是容易過，我又到機場送行。此時此刻，真想乾脆跟姊姊回臺灣算了，這樣我不必看麥德玲刁難的臉色，不必面對其他律師的故意冷落，派給我一些枯燥乏味的工作。「如果我決定離開，你會覺得我是個失敗者嗎？」

姊姊摸摸我的頭頂，像撫慰毛小孩。「傻瓜，你已經是個成功者。你拿到碩士學位又考上律師，我認識的人中，沒人有如此成就。我歡迎你回家，但應該是你的選擇，要在何處生活。現在放輕鬆，靜觀其變吧。」

姊姊似乎聽出我的弦外之音，可惜我沒勇氣跟她坦白一切，只好謝謝她的鼓勵，祝她工作順心。姊姊微笑地看著我，「希望假期不停歇，我們可以多花點時間在一起，我到臺北後，再打電話給你。」姊姊走向登機門，揮手向我道別。

我搭巴士趕回曼哈頓去上口音矯正課。伊麗莎白・迪克森女士住在位於中城，葛瑞梅西公園（Gramercy Park）附近的高樓公寓。我按了對講機，一個洪亮的聲音傳來，「門沒鎖，自己進來，先在玄關等。」

我坐在玄關角落的椅子上，環顧左右牆面，掛滿大明星的個人沙龍照，包括凱薩琳赫本、勞勃狄尼洛、麥克道格拉斯等巨星，照片下面還寫著謝謝麗茲，以及他們龍飛鳳舞的親筆簽名，難道他們也是迪克森女士的學生嗎？

十分鐘後，一位年輕美麗的金髮美女從房間出來，後面跟著一位約六十歲，滿頭銀髮的女士。她對那位女子說，下星期同時間再會，接著伸出手對我說：「你一定是莉莉安，我是伊麗莎白・迪克森，叫我麗茲就好。」

我站起來和她握手，她的手柔軟而溫暖，我們進到客廳後，她坐在沙發上，叫我挺著腰坐在高腳椅上，我問她牆上的照片都是她的學生嗎？

「是的，我幫助麥克道格拉斯發出特定的沙啞滄桑口音，以便在電影華爾街中扮演收購公司的狙擊手。我也曾跟英國首相佘契爾夫人合作過，讓她參選時有一副充滿自信的嗓子去演講。」

「可是我又不是那些名人。」

「你是做什麼的？」

「我是律師。」

「啊，你是從別國來，因無法被人理解而受限的律師，我稱之為第二語言人。你說話的方式代表你的人，你的聲音就是你的名片。打造自己說話的武器，這樣你的閱歷和聰明才智，會隨著你的聲音散發，個人特質也伴著你的說話方式閃閃發光。我的工作就是幫助你顯現真正的自我，找到自己的聲音。」

麗茲的聲音像潺潺流水，蓬勃有力宣洩而下，充滿威信的中庸口音，讓人想聽她說更多的話，我不禁問她，如何才能達到她所描述的境界？

她說這需要實際的調整和練習才能成功，像我的狀況，至少第一年每星期要上兩堂課。我毫不猶豫拿出支票本，開張支票給她。

「站起來，讓我們從呼吸的方式開始，你需要投射自己的聲音，讓人們聽見你。」

我跟隨麗茲的講解，深深的吸氣和呼氣，就像小美人魚，我將會找到新的聲音和新的自我。

第十二章

傾城之戀你我他

愛情選擇題，忠於自我，還是應親友要求？

做還是不做，那是值得思考的問題。

沒想到，我現在竟面臨如同莎翁名句的選擇，因為修詢問過他父親後跟我說，只能幫我一次，是想申請工作簽證還是希望晉升為律師？我覺得非常失望，這哪算選擇呢？十天後我的學生實習簽證到期，就得拍拍屁股走人。

我問修為什麼他的父親這樣難以接近？修叫我不要再談論他家的事，他繼母黛比已經很不爽，認為史東工作壓力大，我有工作做就要感恩，不要不知好歹要求一大堆。

我禁不住生氣，難道我對事務所沒貢獻嗎？我沒有領乾薪不做事呀，況且還是歧視性的低薪。原來在修的父母心中，我是一個累贅，那我還苦苦掙扎幹嘛？小美人魚是錯的，她不應該為了愚蠢的愛，犧牲自己的生命，更慘的是，到頭來還是失去王子。
我朝修大聲喊：「黛比是對的，我是不懂感恩的賤貨，很抱歉給你父親添麻煩，分手吧，我會儘快離開。」說完轉身就走。
修從沙發起身，追著抓住我的手。「不要過早放棄，先申請簽證，晉升之事以後再想辦法。如果申請不到簽證，我會娶你，這樣你就有綠卡。」
拉扯中我試著把手抽回來。「我才不要為綠卡結婚，因為你媽早批評過我是以色相騙財的女人。」
「不要在背後說我媽閒話，她常告訴親朋好友她有多喜歡你。」
「你爸媽說過的話可多了，天知道哪句話才是真心的？」
修緊緊抓著我的手。「你現在的情緒太激動，我們都平靜下來想一想。」修身體顫抖，用手按壓著脖子，跌坐在沙發上，他的臉色蒼白，咬著牙，額角滴著冷汗。
「你又怎麼了？」我跪在地板上查看他的狀況。
修臉上的五官因痛苦而扭曲。「還好，請替我拿些冰塊來，我的脖子可能扭錯方向。」
我趕忙到廚房從冰箱裡找到冰塊，放入冰袋中，交給修。我問修是否需要止痛藥？他叫我去浴室的醫藥櫃拿，修吃完止痛藥後，像條死魚躺在沙發上一動不動。這都是我的錯，我忘了修的頸椎骨折，車禍事故才過去不到五個月。

「你覺得好多了嗎？我可以為你做些什麼？」我輕撫他的手。

修微微張開眼睛看著我又閉上，反手用力握著我的手。「我會好的，請別離開我。」

潮濕悶熱的夏天終於過去，我的工作簽證也有了動靜。最初事務所把我的申請案，派給移民法部門的一年級菜鳥律師承辦，兩個月後，麥德玲將移民歸化局的退件轉交給我，她說事務所已經盡力，叫我好自為之，然後冷笑著叫我離開。

我仔細推敲退件理由，竟是移民歸化局嫌呈報的薪資太低，不符同性質工作的平均水平。原本打算放棄，可是一想到麥德玲幸災樂禍的表情，就不甘心。光腳的不怕穿鞋的，我決定自己重新填寫文件，附上新事由，說明此次工作簽證是延續原先的學生實習簽證，因此薪水無法同一般人員相比。出人意料，我的補件申請，很快就通過，麥德玲一臉驚訝的將文件交給我。工作簽證給我三年的期限，不能轉換雇主，一旦離開事務所，簽證就無效，六十天內必須離境。

一九九三年的秋天，我正式宣誓成為紐約州的律師。洛杉磯加大的老友兼室友蘇菲亞打電話來跟我道賀，並力邀我和臺灣校友同學吳鯨一起去麻薩諸塞州的波士頓，拜訪在哈佛念博士班的小馬，然後去新罕布夏州賞楓。我不確定麥德玲會准我請星期五和星期一共兩天的無薪假，此外，繳完語言訓練課和在紐約大學晚上修的法律寫作課的學費，哪來餘錢去玩？可是我不想跟同學喊窮，藉口工作繁忙，想推掉邀約。蘇菲亞彷彿知道我的窘境，跟我說只要我能到波士頓，其他費用不必擔心，她甚至希望我帶修一塊參加，但是我不敢公開這段關係。蘇菲亞嘆了一口氣，問我打算隱瞞到何時？我默默哀悼，內心充滿羞愧和罪惡感，只有匆匆掛斷電話。

當我下班回家後，打電話到修的辦公室，可惜無人接聽。自從修恢復上班，我們像最熟悉的陌生人，平時沒有時間說話，通常我就寢時，他才回來，週末我們買菜洗衣看電視直到睡著。有時自己站在窗台往外看，街上熙熙攘攘的人群，車如流水馬如龍，城市熱鬧繁華，卻與我毫無關聯，這種孤獨寂寞無味的日子，或許是我不敢嫁給他的原因之一吧。

睡到半夜，我聽到修開門上樓的聲音，瞇著眼睛看鬧鐘，是清晨三點。

「抱歉，把你吵醒。」修脫掉西裝外套和襯衫長褲，躺到我身旁。

我可以聞到他嘴裡的酒味和他身上的菸味。「你今晚去幹嘛？喝酒啦？我以為你還在加班。」

「我好累，明天再聊，好嗎？」

修沉重的呼吸聲將一股酒味直送我的鼻腔，我搖搖他的手臂。「去酒吧喝酒，先去洗個澡。」

修翻身繼續睡，口裡呢喃著：「不是酒吧，我和客戶去脫衣舞夜店慶祝股票公開發行上市成功。哇賽！一瓶香檳要一千美元，那些華爾街的人連眉頭都不皺一下，大夥一杯接一杯，不醉不歸。」

原來如此，當我為自己在親朋好友面前假裝單身而自行慚愧，修卻快樂地跟客戶去脫衣舞夜店尋歡，舞孃大概在他的腿上盡情地磨蹭挑逗，所以他的髮間全是廉價香水味。我明瞭他無法拒絕客戶的邀約，最起碼可以打電話告知下班後的去向，畢竟我們是住在同一屋簷下的伴侶。我好失望，躺在床上瞪著天花板，聽著修的打呼聲難以入睡。在紐約無親無戚，孤單一人，我把希望寄託在修的身上，而修的行為給我極大的不安全感。天地之大，何處找到一個真正在乎我的人？

第二天，我問旅行社從紐約到波士頓的機票價錢，來回要四百美元，我決定去搭十五元的灰狗巴士。我害怕看見麥德玲不以為然的眼光，打算請星期五一天的病假。當我告訴修我的波士頓之行，修立刻向我致歉，因為他工作太忙，無法帶我去旅行，希望我能開心和同學相聚。他的舉動讓我想到自己對他去脫衣舞夜店反應過度，畢竟我們還年輕，誰不想在生活中找樂子？

兩星期後的清晨五點半，我坐上開往波士頓的灰狗巴士，一上車司機宣布總旅程將近六小時，他是新手第一天上班，路不熟，所以沿途不停靠任何休息站。乘客間怒罵聲音此起彼落，我跑下車去上廁所，回到車上閉目養神。沒想到中途醒來，發現巴士竟然在高速公路上倒車，因為司機上錯交流道，看著兩旁的車輛和我們逆向而過，心中只剩驚嚇，再也不敢閉眼。膽戰心驚地來到波士頓終點站，大家奪門而逃，我見到蘇菲亞和吳鯨，連忙請他們看著我的旅行袋，自己衝往洗手間。後來蘇菲亞問我為何不搭飛機，因為飛行時間只有四十分鐘，我不敢承認自己阮囊羞澀，藉口太晚訂票，飛機客滿。

上了車，小馬已坐在駕駛座，吳鯨表示我們先去租休旅車，再到中國城買龍蝦，最後接其他友人一道旅行。到了哈佛校園，我很開心能夠看到百聞不如一見的長春藤名校，美麗優雅的紅磚建築襯著秋天的氛圍，路邊楓紅點點，地上落滿榛子和栗子，各處隨意擺放著彩色的座椅，自由隨興，文青氣質十足，讓人想起寫過京華煙雲的哈佛畢業生林語堂大師。人生不過如此，且行且珍惜。

小馬替我們介紹此次同行的四個人，一位是在哈佛念碩士的孫醫師，Dr. Sun，大家叫他太陽大夫，削瘦高挑的他穿著 Burberry 的風衣，戴著銀框眼鏡，脖子上掛著長圍巾像是聽診器，活像是偶像劇出來的男主角。兩位女同學來自波士頓大學，一位是梅樂迪，主修大提琴，她的室友蘿拉則是研讀室內設計。我開玩笑問，梅樂迪家裡是開好樂迪卡拉店嗎？梅樂迪的母親方太太似乎不買單。「懂不懂？Melody 是旋律，寓意是善解人意的女孩。」我無奈地閉上嘴，跟長輩出遊靠忍耐。

小馬和吳鯨坐在最前座輪流開車，梅樂迪、蘿拉和方太太坐在中排，我和蘇菲亞及孫醫師坐在最後排，一路前行新罕布夏州的白山國家森林公園。

「聽小馬說你在曼哈頓當律師，好厲害，你是我認識的人中，第一個這麼快就達成目標的人。」孫醫師說。

我回答：「唉呦！過獎了。如果你去念法學院，相信比我還行。講個笑話，有個律師因為失眠的問題去看醫生，他問醫生要躺（和說謊英文同字）哪邊最好？醫師回覆，付你費用的那邊。」

孫醫師和蘇菲亞應聲而笑，接著孫醫師問我傳票的英文是什麼？唉！我實在不想參加背單字比賽，勉強回說：「Subpoena。留下住址，我寄帳單給你。」最前座的小馬和吳鯨聽完哈哈大笑。

梅樂迪的媽媽方太太轉過頭對著後座問：「孫醫師，你的專科是什麼？將來打算到哪裡工作？」

「家醫科，明年讀完就回臺北C大醫院。」

方太太一臉快意的笑容。「太好了，我家梅樂迪也要去臺北找工作，希望你能給她一些建議，因為我在臺南要照顧她太遠了。」

「沒問題，舉手之勞。」

在方太太的手肘輕碰下，梅樂迪轉頭瞧著我們後座三人。她是個美麗的女孩，皮膚白皙像個瓷娃娃，她看著孫醫師，嬌羞表情小聲的甜說，謝謝孫醫師，我再跟你聯絡。

「你看，還是我們臺灣男人懂事，不像那些外國人，身上毛長的像猴子，吃的又多像頭豬。」方太太驕傲地說，催促孫醫師寫下他的聯絡方式。

我和蘇菲亞互看一眼，蘇菲亞用口型說著相親大會，我眨眨眼回應，心想我都快忘記老人愛作媒，尤其是碰到黃金單身漢。幸好修沒有跟我來，不然我有白人男友的事一定很快傳到我父母耳裡。一旦奶奶知曉，她會懲罰我的家人，停止一切財務上的援助。

方太太鍥而不捨地詢問孫醫師的祖宗八代，原來孫醫師的父親是有名的心臟外科權威，母親婚前是鋼琴家，而他有個妹妹還在讀大學。方太太說，梅樂迪的父親是家跨國紡織企業的董事長，在臺南和大陸深圳都有工廠。梅樂迪和她的兩個哥哥從國中就到美國讀書，梅樂迪大學在舊金山就讀，許多音樂大師都稱讚她潛力無限。不曉得方太太哪兒來那麼多話題，聽著聽著我就睡著了，夢見自己在孫醫師和梅樂迪的婚禮上當證婚法官，馬友友彈奏著D大調卡農與吉格。

新罕布夏州東臨緬因州，西靠維蒙特州，從波士頓進入賞楓約需兩小時車程。到了傍晚，小馬和吳鯨預先在往白山的路邊租了間小木屋，晚餐由吳鯨主廚，我和蘇菲亞做助手。吳鯨不愧是美國蠔油烹調大賽的冠軍，像變魔術一樣，用大同電鍋煮龍蝦、蒸玉米。波士頓的螯龍蝦，巨大的雙鉗有豐厚飽滿的龍蝦肉，口感Q彈緊實，讓大家吃到舔手指，欲罷不能，電鍋真是留學生的絕配逸品。酒足飯飽之際，方太太對孫醫師說，歡迎他到臺南玩，梅樂迪可以當導遊，因為臺南海鮮更好吃。

隔天清晨，我們離開旅館直奔白山。白山國家森林公園占地三千多平方公里，園區內的楓葉最吸引人，被譽為全世界秋色最迷人的地方之一。沿途開車經過，山陵起伏有致，美麗的楓樹、槭樹和變葉喬木將大地點綴成紅、橙、黃交錯的織錦，詩情畫意的景色令人目不暇給。等到下車走入景區，滿山滿谷的楓紅層層，在陽光的照耀下，如火如荼地遍灑繽紛色彩，天然無雕飾，數大便是美。這紅葉滿寒溪，一路空山萬木齊的景致，不是親臨現場，無法體會內心的感動與震撼。

蘇菲亞和我在森林裡跳躍奔跑，如同到了另一個世界，大自然的美重新洗滌我的靈魂，鬆解硬緊的身軀。吳鯨呼喊蘇菲亞和我去拍團體照，大家對著小馬的鏡頭燦笑，我不自覺地想起，何時修才能和我的朋友一起拍團體照。

照片拍完後，我繼續一人在林中行走，地上鋪滿厚厚的落葉，深深呼吸，聞著自由新鮮的空氣，彷若走在雲端。快樂像清晨的露水，浸潤我的肌膚，閉上雙眼，感覺到內裡一股熱流緩緩通行，活絡僵硬已久的筋脈，難怪小說中，大俠要到深山裡才能學得絕世武功。啪的一聲，一腳踩空，我應聲摔倒，是幸福來得太過容易，得叫人學會珍惜嗎？

蘇菲亞匆忙趕來，問我還好嗎？我故作輕鬆說沒事，試著站起來，左腳踝的劇痛讓我跌坐在地上。哇！完了，我的健保是不給付外州的醫療費用，我要怎麼回紐約呢？

蘇菲亞叫我留在原地別動，她去找人幫忙。幾分鐘後，其他的同伴都過來看我。孫醫師蹲在我面前檢查我的腳踝，他的手掌大而不僵，渾厚結實，有著藝術家修長的手指。「我現在往不同方向轉動你的腳踝，如果會痛告訴我。」

我點點頭，孫醫師慢慢的移動伸展我的腳，我緊張地後背冷汗直流，制止自己不要在朋友面前哭出聲。沒想到預期中的劇痛竟然沒發生，我鬆了一口氣，心裡感激到想親吻醫師的手。

孫醫師從他的後背包取出一捲彈性繃帶，牢牢地纏在我的腳踝。「骨頭沒斷，可能是扭到。今晚回去後，四十八小時內，每隔幾小時，冰敷二十分鐘，之後改為熱敷。幾星期內，你應該恢復如初。」

我向孫醫師道謝，他伸出手讓我握著支持站起，掌心的溫度溫暖我冰冷的手指。我靠著他往前走幾步，感覺腳踝緊繃但痛楚在可以忍受的範圍。

「真是奇蹟，醫師果然比律師有價值。」我邊說，邊放開孫醫師的手。

孫醫師說：「叫我傑森，我送你回車上，你需要休息。」

傑森將他的手臂放在我的肩膀讓我倚靠著走，一股清新的皂味從他的髮間飄散，他身體的溫熱感染我微寒的肌膚。他說當年在急診室實習時，第一次看到病人的腹部噴血就昏倒。我驚訝地回應，怎麼可能？你是醫生耶！他輕笑回答，我知道，可是沒人天生就是大夫。

「那你如何繼續下去呢？」

「耐心，告訴自己要去適應，因為我想拯救生命。」

「撼動人心的使命。」

傑森微笑，陽光正好映在他的頭頂，彷彿自帶光環。剎那間，我感到困惑，因為不捨讓這道淌過內心的暖流離開。

「你為什麼成為醫師呢？是因為父親的關係嗎？」

「某種程度上是吧，其實當我祖父的心臟病發作時，我父親忙到沒空去救他，導致留下後遺症。因此我選家醫科，想先對我身旁的人提供協助。你呢？」

「跟我祖母有關，我學法律，因為想找個方法解決我祖母而不被人發現，夠怪吧！」

傑森搖搖頭。「家家有本難念的經。你祖母還活著？」

我點點頭。「好人不長命，禍害遺千年。」

傑森大笑。「真有趣，你祖母一定跟我一樣，享受你的陪伴。」傑森繼續跟我說些醫院工作時遇到的趣事，我完全忘了腳痛這回事，直到走入停車場，坐進我們租的休旅車。傑森從背包裡拿出一個信封給我，說是送我的紀念品。我打開信封，裡頭是一片完整紅通通的楓葉。

傑森叮嚀我：「記得回家後，要將楓葉夾在書裡去乾燥。」

「它很美，謝謝你，今天為我所做的一切，我欠你一頓飯。」

傑森笑著說：「我記下了。」他的眼睛深邃，讓人很難不被吸引。

「孫醫師，快回來拍照。」方太太拉起嗓門，從遠處用力揮手的叫喊。

「快走吧，他們在等你。」

「確定嗎？我可以留在這裡陪你。」

我搖搖頭。「我沒問題，回去欣賞美景。」

傑森再看了我一眼，然後漫步回森林。我凝望著他的背影，心想對父母而言，他應該是最佳女婿人選，我該跟他交往嗎？這樣我的日子會好過些，可是修要怎麼辦？修和我認識快兩年，我們經歷這麼多風風雨雨，他在我哭泣時抱著我，時常說笑話給我聽，或許他不是最佳候選人，但我無法輕易放棄這段感情。可是一想到我在紐約的生活，不知該如何是好？我將手中的楓葉小心地放回信封裡，抬頭遠眺，向迷霧中的森林找答案。

第十三章

刀光劍影平安夜

人生別比較，表面越風光，內裡越不堪

雪花吸引我。

修曾說過，沒有兩片雪花是一樣的，即使肉眼所見幾乎相同，因此我為雪花的獨一無二著迷。在臺北，我沒見過雪，搬到紐約後，生平第一次賞雪令人興奮不已，看著雪花點點飄下，心情不自覺地開心起來。修甚至送我一個裝滿閃亮亮塑膠雪花片的玻璃球禮物，當我煩悶時，就拿起來搖啊搖，隨著雪花墜落，一層一層地釋放我的心靈。

此時正值一九九三年的十二月二十四日，聖誕節前夕平安夜，傳統上是全家團聚的時刻，當天下午事務所提早下班，修要帶我去康乃狄克州，正式和他的父親和繼母見面。我有點侷促不安，畢竟平時他們和我不來往，套句老話，醜媳婦總要見公婆。沒想到半途殺出程咬金，資深合夥律師茹絲的祕書突然說，茹絲指派我先將資料送到她家，才能離開。

在美國，工作至上，人情放一邊。我急忙走一趟，按了茹絲家地下室的門鈴，蘇替我開門。我跟隨蘇走進公寓，裡頭靜悄悄，好奇地問其他人的去向，蘇說他們已經到瑞士度假滑雪，新年過後才會返美。既然都不在，幹嘛急著叫我送件呢？大凡工作總有不如人意之處。

公寓裡暖氣沒開，陣陣寒意逼襲後領，我拉緊大衣縮著肩頭，瞥見蘇穿著起毛球的褪色襯衫和寬大的法蘭絨長褲，長髮凌亂，臉色蠟黃。問她是如何來美國？蘇小聲地說茹絲是她的養母，這實在是出乎意料的答案。記得茹絲的辦公室有全家福照片，印象中有兩個成人兒子都已結婚，從未聽說她有女兒。我問蘇今年幾歲，她回答二十六。天呀，竟然比我大一歲，可是她身材瘦小，一副發育不良的青少年模樣。再問她是否曾在此地就學，她說沒有，難怪她不太說英文。那麼茹絲有付工錢給她嗎？蘇疑惑地搖頭，叫我不要亂講，她很榮幸可以為她養母打掃房屋和看家。

讓養女無償的在家工作是合法的嗎？難道美國也有童養媳？話又說回來，我是泥菩薩過江，自身難保，有何立場管合夥律師的家務事？我悄悄拿出包包裡的三明治放在桌上，跟蘇說這是我的聖誕禮物和她分享，她還來不及拒絕，我轉身就跑。等我趕到中央車站時，看見修在大時鐘售票亭下焦急地等待，他抓著我的手賣力的衝向月台，我們一跳上車，車廂門砰的一聲關上。

修非常生氣地問我，為何讓他等那麼久，事務所下午一點不是提早放假嗎？我把原因解釋一遍，跟修道歉。修釋懷地說，他很抱歉，我在事務所的日子不好過。由於今晚的派對，大家都會到，包括繼母黛比的兩個女兒，修的哥哥和母親，因此修不想讓史東等得不耐煩。

修和我在康州的南挪沃克站下車，在火車站前的停車場找到史東事先留下的皮卡貨車，我覺得奇怪，他為什麼不開自己從加州帶回的休旅車。原先修在我們大樓地下室租停車位，費用太貴，我說服他將車停在康乃狄克州家來省錢。修說休旅車已經被史東賣掉，當作買 BMW 新車的頭期款。我訝異地說，憑甚麼？那是你的車。修說不高興又能如何？我追問，為什麼你不抗議呢？修冷冷地回答，發生過的事，不要再提。

我安靜地坐在車上，看著窗外白雪飄飄，心想勸修將車停回家是我的錯嗎？修的父親到底是什麼樣的人，怎會如此對待自己的小孩？十分鐘後，車子開入羊腸小徑，周遭是樹木密布的森林，遠望東側還有一個小池塘，上頭有著小橋，可惜是冬天，池塘表面已結冰，一眼望去，看不到其他住家。修將車停在小徑的盡頭，一棟長方形的豪宅建築物矗立在半山坡。修打開前門，讓我先行。我一踏進去，一幢黑影迎面撲來，胸前受到兩拳的撞擊，往後退跌在地上。哦！降龍十八掌造成的內傷，該是這樣吧。

修大叫：「洛基，快下來！」

一隻巨大的德國狼犬趴在我面前，用它濕濕的舌頭舔著我的手。聽到修的話，狼犬勉強放下巨爪，緩步到修的身旁坐下。「這是我家的寵物，洛基。」修邊說邊撫摸狼犬的頭。「別害怕，它看起來很可怕，不會傷人，只是想跟你玩。」

好一個不傷人！我的胸部還在疼痛，自己慢慢從地上爬起來，伸手拍掉褲管上的灰塵。看著寬敞的大型客廳，一邊是滿牆的書櫃，中間是法國路易十六式樣滾金邊的沙發，高聳的天花板吊著閃閃發光的水晶燈，深紅色的窗簾，伴著一扇多邊形的凸窗，向外眺望著花園。

我問道：「你家其他人呢？」看著手錶，已是下午三點。

「大概出外辦點雜事，先來我房間放行李。」

走過客廳，東側是新蓋的獨立式主臥套房，修說是史東和黛比的房間，偷瞧一眼，裡頭像是一應俱全的小豪宅。原有建築物的另一角則是修的房間，一進門，一股霉味嗆入鼻中，裡頭擺著一張古老的書桌，破舊的衣櫃和雙人床，牆壁還有漏水的痕跡，臥室另一側的門通往走廊共用的洗手間。我很驚訝客廳和廚房嶄新奢華，而修的房間卻像是古董店般陳舊。修解釋這房子從前是百年穀倉，修的父親再婚後買下重新裝潢，為了控制預算，修的房間省略不做。這大概是中美文化差異，在東方，最好的房間都是留給兒子的。

外頭突然響起吸塵器的噪音，修說清潔人員開始工作，我們先到屋外等候。當我們走出房間時，五位黑人正在打掃，史東站在門口，身高六呎以上，穿著淺藍色西裝襯衫，袖口掛著白金袖扣，下身是黑色西裝褲。修曾說他父親是海軍陸戰隊蛙人部隊退伍，我好緊張，因為只在辦公室遠遠看過一眼，從未正式和他說話，希望這次能給他一個好印象。

「你們到了，我正要出門洗車，要一塊去嗎？」史東邊問，邊穿上厚重冬衣，拿起桌上的鑰匙打開大門。修回答好，跟在後頭。我趕緊說，很高興見到你，凱勒先生，謝謝你對我的幫助。

修的父親點點頭。「叫我史東吧。」他頭也不回的大步往外走。

我們坐在史東嶄新的豪華 BMW 裡，等待進入自動洗車場的轉輪輸送帶。我聞著新車的皮革味，深刻緬懷修的休旅車所做的犧牲。

史東開口說：「聽說你喜歡波士頓龍蝦，今晚除了火雞外，還有龍蝦。」

我回答：「謝謝你。」坐在前座的修回頭眨眼對我笑，或許史東並不若想像中的大律師般令人生畏。

我們靜坐在車裡，窗外的洗車機器開始運轉，幾道水柱和洗車液噴灑在車身，然後電動刷子和抹布從四面八方伸出反覆刷洗。我心中躊躇如何和史東互動，把他當作老闆尊敬還是自家長輩話家常？

我隨意說：「這地方好特別，臺灣還沒有這樣的洗車場。」

史東透過後照鏡看我便說道：「提到臺灣，我們凱勒家族的血統源自德國、俄國、英國、波西米亞，最遠甚至到蒙古。」

「好有意思，某種程度上，大家都是移民。」

「希望你能明白，我喜歡像你們這樣努力工作的黃色人種，不像那些黑鬼和拉丁美洲鬼。」

聽見他的評論，害我差一點咬到舌頭，因為我一點都不覺得欣慰。聖誕節前夕在他家打掃清潔是非裔工人，他竟然還說他們是懶惰的黑鬼。而在洗車場工作的拉丁美洲移民，正在辛苦的打蠟。我不認為黃種人屬於比較好的類別，追根究底都是種族歧視。

心隨念轉，突然間，空氣中內斂無聲的壓力，加速湧進，我不安地坐在後座，輕微搖擺，試圖轉換身體重心，內心焦躁難以平靜。我將手指彎曲緊緊握住，隱藏緊張的情緒。史東是修的父親和我的老闆。他替我找到工作和申辦簽證，我應該要討好他。可是我望著窗外洗車殘存的泡沫點點，心中不平之氣冉冉升起。如果是小美人魚，在這樣的情境會說什麼呢？對了，我忘了小美人魚是沒有聲音的。

超細纖維質的抹布擦拭車窗，發出摩擦的高頻率噪音，我感到胃痛和頭暈，可是我不能開窗，只好咬著嘴唇忍耐。修注意到我的臉色蒼白，問我是否累了？我說覺得有點悶，需要新鮮的空氣，順手解開大衣的扣子。修說再過幾分鐘，我們就可以離開了。

車子洗完後，史東要去寵物店買洛基吃的飼料，修和我靜靜站在櫃檯旁等待史東結帳。毫無先兆，史東突然對著店員破口大罵，「你這個蠢女人！」店員嚇得往後退一步，其餘在場的人驚訝地看著他。他用力將飼料袋丟在櫃檯上，快步走出賣場大門。

我和修隨他上車，史東一臉怒色，生氣地把一張紙拋向後座。車子開上高速公路，修謹慎地問發生什麼事？史東後來解釋，原來他手中有張折價券，但是收銀機無法掃描，因此史東叫店員手動輸入折扣價，但是店員說她不會弄。「她應該被炒魷魚，這麼笨的賤貨！」

我小心地從車廂地上撿起那張紙，打開一看，是從報紙夾頁廣告剪下來的一元折價券。我真想大笑三聲，史東領著美金百萬年薪，穿著昂貴的訂製西服，開名車住豪宅，卻為沒拿到狗飼料的一元折價優惠，大發雷霆。現在我才體會同事艾美的評價，史東不肯捐款給她的愛滋健走活動。

我們下車後，史東氣噗噗走進家門，我偷偷地問修，為何他父親僅為一元大發雷霆？修尷尬地回答：「我的祖母是猶太人，家族遺傳，史東喜歡占小便宜。」

當修和我進屋時，清潔人員已經離開。我的肚子發出咕咕的響聲，修問我中午吃過嗎？「還沒，我忘了。」若要解釋我把午餐的三明治送給蘇，實在太麻煩。

「注意你的胃，不然血糖太低，你又要發脾氣。晚餐前大家還要去唱聖誕頌歌，我先拿些東西給你墊墊肚子。」

修帶我去客廳西側的廚房，一位留著鮑伯頭的淡金髮女子，穿著黑色絲絨小洋裝，外面套著聖誕節裝飾的紅綠色圍裙，正在擠蛋糕上的奶油花朵。廚房裡充滿剛出爐糕點的香氣，她活像是居家雜誌上的生活大師瑪莎．史都華，修介紹這是他的繼母黛比。

我和黛比互相寒暄後，修打開冰箱門，裡頭容量之大，玩捉迷藏時，躲進三個小朋友也沒問題。

「你們餓了嗎？那邊有昨天剩下的派。」黛比指向廚房檯面角落的一個玻璃罩的蛋糕架。

修關上冰箱，切了一塊派給我。黛比請修到屋外的車庫去拿些柴火，修穿上外套，叫我先吃，不用等他。我咬下一口派，嘴裡洋溢著蛋和杏仁的味道，專業到簡直像是從高級甜點店買回來。我問黛比這是什麼派，實在太好吃了。

「葡萄牙派，很高興你喜歡，晚餐後還有蜂蜜蘋果肉桂派。對了，史東有許多工作壓力，他費了九牛二虎之力給你這份工作，所以希望你在我家，不要提任何有關你工作的事，能做到嗎？」黛比話鋒一轉，若無其事說。

最後一口派卡在喉管，差點噎死我。我吞不下也吐不出來，只好用力拍自己的胸膛把派咳出，這派的甜滋味混上胃酸後，成了苦澀的爛泥，我打開水龍頭倒一杯水，把口中的一坨沖下去。黛比的話深深刺痛我，臉上開始發熱。在事務所受到的歧視性待遇，叫我如何對史東充滿感激？可是我無處可逃，再一次面對人在屋簷下的窘境。我撕下一張紙巾，擦掉唇邊的奶油屑。

清一清喉嚨，勉強自己對黛比說：「感謝你和史東為我所做的一切。在辦公室，我和史東幾乎沒有任何接觸的機會，所以你不用擔心，我不會成為史東的負累。」

黛比輕笑，綠色的眼眸閃耀勝利者的光芒。「說得好，我很滿意你不會成為另一個查德。你知道查德光是紐約律師考試就考了三次，全部都由史東買單？」

這時客廳大門突然打開又關起，修穿著大衣走進廚房。「柴火已經放在家庭起居室。我哥到了嗎？剛才好像聽到你提他的名字。」

「謝謝你，修，真希望你是我兒子。查德打過電話，說他會跟你母親一起過來。」黛比平靜地擦拭廚房中島的檯面，將用過的餐具放入水槽，好像我們之間啥事也沒發生過。

我凝視著罩著玻璃的美麗蘋果派，卻已經失去胃口。終於明白張愛玲的名句，「生命是一襲華美的袍，爬滿了蚤子。」

兩位腳蹬著及膝黑色長靴，穿著咖啡色的條紋短裙，和喀什米爾白色毛衣的女孩從閣樓上走下來。一位留著咖啡色長髮，另一位是金髮，彷彿是雜誌封面上的模特兒。黛比介紹是她的女兒艾波兒（April）和梅（May），我自己心裡偷偷喊她們四月和五月。記得修曾提過，艾波兒是時尚雜誌社的助理，去年才嫁給廚師，比我大兩歲，而梅剛從大學畢業，比我小兩歲。我急忙和她們打招呼。

「你講話的腔調好好笑，很像日本餐廳的服務生。」梅邊對我說，邊對艾波兒眨眼，兩人有默契的咯咯笑個不停。

這是美式幽默嗎？一點都不好笑，可是我不想反擊，免的得罪人，畢竟我在別人的地盤作客。溫良恭儉讓，我暗自背誦儒家思想。

黛比插話：「既然大家都到齊，麻煩修去請你父親，我們可以出發去庫柏的家。」

我們一行六人擠在史東的房車裡，開了十五分鐘到庫柏位於西港（Westport）的房子。修曾告訴我，西港是全美最富有的城市之一，庫柏在華爾街是避險基金的管理人，每年都在家開聖誕頌歌的宴會。等我看到庫柏的豪宅，真是開了眼界，起先還以為是仿希臘雅典神殿的博物館，這是有錢沒處花所設計的建築物吧。外頭是黃銅製的大門和圍欄，映照夕陽反射出刺眼的光芒，如同王者的目光，睥睨每個經過的路人。走進大廳，室內全是義大利進口的白色大理石，挑高的天花板畫著類似梵諦岡西斯汀禮拜堂的壁畫，從窗戶望出去是精巧設計的雕塑花園。

大約有百人參加今晚的宴會，人人盛裝出席。室內大廳牆上掛滿名畫，例如安迪沃夫和馬提斯的真跡，六人室內樂團奏著古典樂，穿著燕尾服的侍者端著點心盤，在人群中穿梭。大家站著唱聖歌，我四下一望，發現自己是唯一的亞裔，其他全是白人。中場休息時，史東、黛比、和修等人忙著和其他朋友寒暄，雖然他們有介紹我是誰，但是我可以感覺到人們皮笑肉不笑地敷衍。偌大喧囂的人群裡，他們的交談像蚊子在我耳邊嗡嗡嗡，我喝了一口侍者端來的蛋酒，那酸甜濃郁的奶酒味，實在太噁心。我恐怕永遠都無法適應這滋味。

宴會終於結束，我和史東站在大門前等待泊車小弟將車開過來，修跑去上廁所，黛比和她女兒持續和朋友道別。

史東問我：「你覺得女人挑男友，是以他開的車和存款來決定嗎？」

咦，史東想暗示什麼？「我不知道其他女人怎麼想，不過修沒車，銀行也沒錢。我奶奶教過，眼見不一定為實，日久才能見人心。」

「你奶奶是個聰明人。」

「沒錯，她是個特殊人物。」誰能比過身為偽裝大師的奶奶呢？

當我們回到史東的家時，已過晚上七點。一進門，就聽到熟悉高昂的嗓音，是修的母親。「凱勒家族終於回來了，富豪人家的聚會好玩嗎？」貝蒂問。

「宴會很不錯。」史東邊說，邊打開酒櫃給自己倒一大杯的伏特加。

黛比和貝蒂交換親吻著臉頰，黛比說：「很高興又見到你。」

貝蒂回答：「謝謝你們在平安夜，邀請我這個寂寞獨居的老女人。」

史東開口：「貝蒂，你的兩個兒子都在，你不是寂寞的女人。」

貝蒂的嘴角高蹺，雙眉夾緊。「你可知道你那可憐的兒子，查德天天騎摩托車上班？」

史東大聲地回應：「那是因為他又沒繳汽車貸款。」

「為什麼你不能幫他？害我日夜為他的安危擔憂。」

「好啦，我會解決。」史東搖搖頭，一口灌下伏特加。

貝蒂穿著一件紅色毛衣，前面是白色的麋鹿圖案，她身後站著和她體型相似穿著一樣毛衣的男子，兩個人像是河馬母子，我想他就是查德。

修對我介紹他哥哥，他比修矮一點，但比修起碼重三十公斤。

查德說：「喜歡我家嗎？在第三世界的國家，你沒機會看到像這樣的地方，更不用提待在這兒。」

此話何意？我回應：「這裡很好，很感謝你們的款待。」

言語之間，查德突然將手臂纏上修的脖子，收緊臂膀像是要勒死修。

「住手！」我大叫。「別這樣，修的脖子斷過。」我試著伸手制止。

查德有點驚訝，將手臂鬆開。「緊張個屁！開開玩笑，他沒那麼脆弱。」查德重捶修的肩膀，哈哈大笑。

我看著修的反應，他聳聳肩。「我哥不是有意的。」

剃頭擔子一頭熱，我內心覺得很受傷。「我先去換衣服，待會見。」

當我走開時，遠遠地聽見查德問修為什麼我那麼古板，修回答他說我比較小心想保護他。

我走進房間躺下，既然不能反抗，那就暫時封閉。過了半小時，修告訴我晚餐要開始了。大家坐在一張長桌前，桌上已經擺滿火雞、馬鈴薯、玉米、蔬菜沙拉、麵包和四瓶紅酒，中央還有美麗的鮮花裝飾著銀色的燭台，燃燒著白色的蠟燭。黛比從廚房拿出龍蝦，開始分送一人一隻。不誇張，我的龍蝦比手臂還要粗，這應該是龍蝦大王，修說這是史東特地為我挑的三公斤重的龍蝦。

我跟史東說謝謝，他請我開懷大吃。貝蒂酸酸地說史東從未為她買任何龍蝦，史東回覆，買過很多次，可惜貝蒂記不得。修幫我敲開龍蝦殼，我開始咀嚼龍蝦肉，這千年老妖肉，充斥腥味，越咬越像橡皮輪胎嚼不爛，這和我吃過香甜柔嫩的小隻龍蝦比起來南轅北轍，最後只好喝水吞下去。

貝蒂躍躍欲試地問我：「怎麼樣？」像在等一齣好戲。

我說：「好吃，謝謝。」

「史東，聽到沒？誰不曉得龍蝦越大肉越老，可是莉莉安知道如何取悅凱勒家族的男人。這就是為什麼我被掃地出門，因為我太老實。」貝蒂邊說邊喝酒。

史東對坐在貝蒂身旁的查德說：「你媽醉了，不要再倒酒給她。」

貝蒂說：「我沒醉。」伸手緊抓著酒瓶。「對了，莉莉安忘記向你致謝，因為你幫她找到工作，不過她的薪水這麼低，我想你們扯平了。」

胃部傳來陣陣絞痛，躺著也中槍。我本想過個寧靜的聖誕夜，忽略了好戲在後頭，高潮總要在這樣的場合上演才熱鬧。

黛比問：「貝蒂，我好喜歡你穿的毛衣，在哪兒買的？」

「T.J. Maxx大賣場，你永遠不會逛的地方。」

我看著修低著頭垂著雙肩，專注地切著盤中的火雞肉，比我還能忍，有時我覺得他更得孔子的真傳。貝蒂和黛比繼續交談，大家各自埋首晚餐，剛才的唇槍舌戰已煙硝雲滅，重啟和平歡樂的模式。等黛比端出蘋果派時，晚餐轉眼到尾聲。史東放下刀叉，先行離桌到書房看電視，黛比的女兒出門找朋友，查德載貝蒂回家，留下我和修幫忙黛比收拾餐桌和清潔碗盤。當我和修回房休息時，我的胃痛加劇，快步衝向廁所拉肚子。我從廁所走回房間時，感覺有針刺進我的右邊大腳趾，嚇到縮腿退後，原來寢室地毯和浴室磁磚交接處的門縫已破損，地板下固定底層舖料邊緣的鐵絲穿過地毯突出來，這地方果然處處陷阱。我一拐一拐地上床，但是疼痛沒有減緩，摸摸腳趾頭，表面還濕濕的。我輕推睡夢中的修，請他去找片ＯＫ繃。修嘟囔著說，在主臥浴室的醫藥櫃裡。

「你可以偷偷進去拿嗎？花不了太多時間的。」

「不行，我不能吵醒史東和黛比，明早再說吧。」修翻過身去。

凝視頭頂黑漆漆的天花板，心中渴望在波士頓之行認識的太陽大夫孫醫師能即刻救援。凱勒家族的人好難纏，不禁懷念起臺灣同學給我的溫暖和關懷。雖然這一切不是修的錯，但是我不禁猜想和異國人士交往是否是個錯誤的選擇？因為我們之間的文化和價值觀像交錯的平行線，漸行漸遠。我躺在床上，感受腳趾靜脈傳來跳動的痛楚，但願不會血流成河到天明。

第十四章

原來親情那麼傷

家庭暴力，不是逃避就能遺忘

嘟嘟的低頻馬達轉動聲吵醒我，木然地往窗外看，天空仍舊烏黑一片，我認命躺著等待噪音消失，但是頻率卻愈來愈急促。

我問尚在半夢半醒中的修：「那是什麼聲音？」

修說：「我爸在用按摩浴缸泡澡。」

「為什麼他不用自己的浴室？現在清晨五點耶！」

「黛比還在睡覺，他不想吵醒她。」

「今天是聖誕節，我們就睡在浴室隔壁，他不能晚點再使用按摩浴缸嗎？」

「你不能叫熊聽從指揮。幸運的話，熊只是對你吼，不然他會把你的臉咬爛。」

「俗話說虎毒不食子，你是他的熊仔呀！」

「美國沒有這一套，反正你永遠不會懂。」修轉頭不再說話。

修的反應讓我備感挫折，每當重要關頭，他緊閉著蚌殼，無言以對。為什麼他不能好好跟他父親溝通呢？或許是美國的文化，父母個人最重要，子女的需求次之。這樣也好，大家各走各的道，以後少往來吧。我躺在床上，繼續聆聽按摩浴缸的水柱噴射聲、馬桶的沖水聲、水龍頭的流水聲和電動牙刷的摩擦聲。

大約過了一小時，浴室的門打開又關上，一切歸於平靜。此時晨光從雲間透亮天際，我再也睡不著了。起床檢查我的腳拇指，血跡已經乾透，在床單上留下斑斑血痕。瘸著腿走進浴室，地上的磁磚還是溼的，空氣中殘留著洗髮精的味道。我沾濕衛生紙慢慢擦拭我的腳拇趾，一個細小而深的傷口，旁邊有一圈咖啡色的鐵鏽。我想我應該拿不到史東主臥浴室內的ＯＫ繃，因此我穿上襪子和布鞋，不再赤腳踏地。由於腳傷再加上腹瀉數次，我覺得好累，有點頭暈，可是我不敢獨自離開房間，因為我害怕單獨面對修的家人。看著修熟睡的臉孔，只有耐心等待。

等到九點半，修和我終於離開房間，到家庭起居室參與聖誕禮物交換的環節。凱勒家族的習慣是聖誕節前，各自交出禮物願望清單，大家根據清單採買。然而修和我私下決定不交換禮物，因為我們等著聖誕節過後再去減價大採購。

家庭起居室的中央聳立著超過五公尺高，裝飾精美的巨大聖誕樹，旁邊是大型的石板岩壁爐，聖誕樹下堆滿各式包裝的禮物。

查德問我在凱勒家第一晚睡的如何？我回答很好，謝謝關心。修問他哥是否有胃乳，因為我有點腹瀉。查德搖搖頭說去問黛比，我連忙說不用了。

查德把修拉到一旁，輕聲地問可否借八百美元？他需要去看牙醫做根管治療。修說兩個月前已經給過他一千美元買電腦，沒有多餘的錢了。查德聽完後摸摸鼻子說，隨口問問別介意。

過了幾分鐘，史東和黛比從外面花園進來，後面跟著威風凜凜的洛基。艾波兒和梅也從閣樓上輕飄飄地走下來，兩人一副宿醉未醒的模樣。我們圍坐在壁爐前，開始交換禮物。由於我只是女友，修事先告訴我不必準備，他會代表我倆去購買禮物。史東最先把禮物交給黛比，是一串卡地亞的鑽石手鍊，黛比滿臉驚喜地收下，嬌腆地說：「好美，你真不必如此破費。」她在史東的臉頰上重重地親吻。

史東笑笑說，這是你應得的。黛比回敬史東一台DVD播放器，和一副鑽石袖扣。史東故作驚訝說，這正是我的願望。他對修說，待會你幫我把DVD播放器接上電視，修立刻回答好。

艾波兒和梅從黛比的禮物中得到名牌外套，史東則是給她們一人一張百貨公司的禮卡。當她們兩人把封套拆開，艾波兒大喊，哇！一千美元，好棒，謝謝你，我太需要了。她們一起親吻史東的臉頰。

修和查德收到來自史東的毛衣，黛比送襪子，修回送史東一些CD，給黛比圍裙。修另外從禮物堆中找出兩份給我，一件是來自貝蒂，我打開一看是掌心大，圓形的透明壓克力紙鎮，中間夾著一朵塑膠太陽花，背後寫著給我們家族的花，莉莉安。我的名字旁是沒撕掉的標籤，$6.99。

修見狀立刻撕掉標價，跟我道歉說她媽傻裡傻氣，別在意。我回答他，禮輕情意重嘛！另外一件禮物，來自史東和黛比，是一雙人造塑膠皮的黑色手套，尼龍內襯還夾著$7.99的吊牌。我的確告訴修我想要手套，但是人造塑膠皮，在寒冷的冬天，是無法像毛料或真皮一樣保暖，我永遠也不會戴吧！從送禮物的互動中，再次印證，嚴以律己，寬以待人的儒家文化，在資本主義的社會注定要吃虧。

黛比和她的女兒喜歡聊些關於聖誕節的回憶，因此交換禮物的過程似乎永無止境。當所有禮物拆完時，史東宣布全家外出吃中式午餐，我向史東謝謝，他特地為我選擇中餐廳。梅大笑說，這是艾波兒和她在五年前開始的傳統，因為只有中餐館在聖誕節營業。艾波兒說：「你知道的，華人愛賺錢，連聖誕節都不放過。」

我很想說聖誕節是基督教的節日，而大部分的華人是佛教徒，但沒人會在乎我的解釋。

我們兵分兩路前往中餐館，黛比開捷豹跑車載著她的女兒，查德、修和我坐在史東駕駛的 BMW。查德開口向史東要三千美金，史東說上星期才寄給他八百，查德回答那是根管治療的費用，他還有信用卡帳單要付。我感到疑惑，因為早上查德也跟修借同數額的錢做根管治療，他到底有幾顆蛀牙？史東對查德大聲喊，你必須停止購買昂貴的電子產品，我不能永無止盡替你擦屁股，你這狗娘養的王八蛋！車子緊急停在路肩，史東狠狠地瞪著查德。

查德回敬：「你是混蛋！曉得嗎？莉莉安一直拉肚子，連她都怕死你，你才真是難搞的傢伙。」

我不敢相信查德的控訴竟然牽扯到我，他用同樣的藉口跟修和史東要錢，現在他竟然還把我當作人肉盾牌去狙擊史東的攻勢，我詛咒他的牙齒全爛光。我用眼角餘光看修，他輕輕搖搖頭，將目光轉向車窗外放空。我很想為自己辯解，但是修捏捏我的手，示意我不要有任何動作。

全車一片靜默，史東繼續上路，最後停在中餐館前，查德率先下車，重重甩上身後的車門。我和修走在史東的後面，修對史東說，我昨晚吃太多，消化不良才拉肚子，不要聽查德胡謅。史東涼颼颼地看著我，一語不發，大步往前跟黛比和她的女兒會合。

我問修：「為什麼在車上我不能自己跟史東說清楚？」

「史東和查德吵架時，你千萬不要加入戰局。」

「但是查德已經拖我下水，我不喜歡他汙衊我。」

修嘆了一口氣。「你不懂，你就是不能跟他們任何一個人較勁，連試都不要試。」

我心裡很不服，為什麼我不能大聲說出自己的意見？要做人家的媳婦真不容易，在哪一國都一樣。

中餐結束後，我們返回住所，史東踏進門的第一件事就是到處翻櫃子，氣急敗壞地對黛比嚷嚷，他的支票簿在哪？黛比走到廚房，從檯面下的抽屜拿出綠色的支票簿。史東快速地填寫簽字，撕下一張支票，然後走到客廳丟給查德。

史東說：「錢在這兒，你回華盛頓特區時，可以把我的皮卡貨車開走。對了，我的車庫門需要重新上漆，讓你自己至少有點用處。」

查德從沙發上跳起來，將支票塞進口袋，拿起桌上的車鑰匙。「我要先去看我媽。」吹著口哨走出大門。

這該是修告誡我不要為自己辯白的原因吧！到頭來史東還是給查德金錢和車輛，修什麼也沒拿到，而我卻成為無辜的替罪羔羊。都是兒子，為什麼史東對修有差別待遇？當修脖子受傷無法工作時，史東從未金援，連修的休旅車都被無預警賣掉。如果史東真心想幫助我們，或許我就不必接受律師助理的工作，修也有多餘的時間好好休養。他在我們面前，給查德更多的錢，像是打我們一巴掌，因為修戰戰兢兢地做一個好兒子，查德卻可以為所欲為。原來每個家庭都一樣，無分國籍，都有這些糟心事。

小時候，總覺得父母偏心早產的弟弟，好東西都先留給他。碰到修的家庭，卻變成哥哥占盡好處。電影裡快樂的聖誕節都是騙人的，幻滅絕對是成長的開始。

到了下午，黛比的弟弟彼得從新罕布夏州來訪，彼得曾因躁鬱症在精神病院住過五年，現職是監獄的英文老師。黛比的家族有躁鬱症傾向，他們的父親是腦神經外科醫師，卻在醫院舉槍自盡。彼得帶卡拉ＯＫ點唱機，自唱自嗨，連窗櫺都止不住震動。修幫著史東整理拆禮物留下的紙屑，我受不了彼得的穿腦魔音，偷偷躲進房間睡午覺。

不知睡了多久，感覺身旁有人躺下，我把棉被蓋過頭，繼續睡。突然間房門被踢開，發出巨大聲響把我驚醒。

「你休想對我這樣做！噢不！」一個男性的嗓門大吼。我聽到砰的一聲，肉碰肉的撞擊聲。

發生什麼事？我還來不及從棉被裡探頭出來，彷彿有一陣龍捲風，棉被整件被抽走，冷風迅速飄進，我嚇得從床上坐起來。

史東站在床邊，修雙手抱著膝蓋低著頭，全身捲得像顆球。史東充血的臉，面部表情扭曲，藍色眼眸燃燒著怒火，死死地盯著修，他的呼吸沉重，像蠻牛拳擊手般雙手握拳游移，隨時可以擊出致命的一拳。

「我在跟你說話，幹！給我站起來！」史東低沉如雷鳴的嗓音震撼四周。修勉強下床站起來，用手抱著頭部。我的心往下沉，身體顫抖像生鏽卡卡的齒輪。

史東說：「你不能用這樣的態度和我說話，聽見了嗎？」他巨大的身軀像朵烏雲罩在修的左右。

修彎下腰，把頭垂下，雙手抱胸，不發一語。

「站好，說話！我聽不見！」史東像士官長練新兵似的訓斥，狠狠刮向修。

「是。」修呢喃。

「是什麼？大聲點！」

「是的！先生！」

「好。」史東的表情猶如看見獵物的鮮血般興奮，手臂青筋浮現，他狂野的眼光飄向我，像顆不定時炸彈，只要一個不對勁，隨時可以引爆。我的恐懼無法形容，死命向下看著地板，把自己縮在床頭靠牆的角落。

「永遠別想逃避我，你這個狗娘養的王八蛋！」史東的眼睛泛紅，凌亂的髮絲遮掩著五官，讓人難以辨認他猙獰的模樣。他的暴力不僅僅是肢體上，他說的話更像傷人的劍，割得我遍體鱗傷，我只好挺屍裝死，一動也不敢動。不知過了多久，史東終於拖著沉重步伐走出房間，將門大力地甩上。

天呀！修到底做了什麼點爆史東的怨怒？在那瞬間，如果修和我走錯一步路，我一點都不懷疑史東有可能殺掉我們。這實在是太恐怖了，一陣害怕讓我爆哭出聲。修慢慢地撿起地上的棉被蓋上床，自己坐在床沿，像是劇場落幕後消風的木偶，不言不語，了無生氣。我很想抱著他，告訴他一切無恙，可是我沒有勇氣。

我們倆誰也沒開口，我緊閉雙眼，希望這是場惡夢。我甚至想如果當初接受奶奶的建議，成為跟黑道合作的市議員，至少黑道大哥要保護我的人身安全吧。

躲在房間不是辦法，終歸要睜眼面對現實。我輕聲問修到底是什麼不對？修看我一下，將眼光移開，清清沙啞的喉嚨，告訴我原委。原來修幫史東連接 DVD 播放器、電視以及音響設備，但是始終弄不好。其實修的內心，雖知不該幫史東做這些事，但是史東不給人拒絕的權利。後來修建議史東，將使用手冊先拿來研讀，史東發火，失去耐心大聲開罵，於是修只好停手離開現場。

「這種小事，他可以僱用專業技師來連接他的影音設備。你是他的兒子，不是維修工。」

修以一種毫無情緒認命的聲音回答：「我家就是這樣。」

「小時候，史東打過你嗎？」

憂傷印記在修的臉龐，他揉著手臂對我說：「我爸曾把我丟出門外，害我腦震盪一次。我的肩膀脫臼，兩次是他造成，一次是我哥。小時候由於我身上有太多瘀青傷痕，急診室的護理師說要向兒童保護機構舉報我爸。」

我聽了不由得發怒。「那你媽在幹嘛？」

「沒幹嘛！她告訴護理師，我自己撞到門，或是貪玩從樹上掉下來，反正找藉口掩飾。」

「你父母離婚是因史東的暴力傾向嗎？」

「或許吧，誰知道呢？總之難以解釋。」修用手遮住眼睛搖著頭。

真相殘酷又可怕，難怪修每每提到他的家人，話鋒冷靜而保守。我該感謝他為不讓我煩惱而隱瞞，還是應該氣他沒有事先告知？想想我家有個充滿控制慾的奶奶，修有暴力相向的父親和難惹的母親和繼母，或許上天才安排我們相遇取暖。

我說：「回紐約吧！」

修猛烈地搖頭。「我們必須按原計畫待到明天，如果現在走掉，史東會更生氣，情況就更糟。相信我，這是來自痛苦的經驗談。」

「那我們該怎麼辦？整天躲起來？」

「可以出門找朋友。現在你了解為何我千里迢迢跑到加州念法學院，而不是去我父親的母校，哥倫比亞大學。這樣我才能脫離這個家，能逃多遠就多遠。」

「那你為什麼又搬回紐約工作？」

「證明給我爸看，我可以比他做得更好。」

親子間的愛恨情仇，不是一方離開就能解決的，因為受傷的一方，在內心終有一個黑洞要填補，不確定我有能力幫助修。更何況人生的課題難解，身在異鄉，進退不得，連明天在哪兒都不知道，只有走一步算一步。

修和我開著史東的皮卡貨車去找修的高中好友，菲力蒲，他是俄亥俄州的高中歷史老師，這星期在他父母位於西港的家中度假。菲力蒲的父母熱情好客，招待我們吃晚餐，然後我們一行人去酒吧和其他同學聚會。看著修一杯接著一杯喝啤酒，他應該但願長醉不願醒吧！可惜我對酒精過敏，只要幾口黃湯下肚，臉紅頭暈嘔吐，痛不欲生。唉！連藉酒消愁都無法如願。

我們待到午夜後才離開，修醉到走路東倒西歪，勉強開車回家。我沒辦法替他開車，自從在猶他州出過車禍，我對開車產生莫名的恐懼感，每當坐在方向盤前，腦海裡無法控制浮現汽車相撞的畫面，只能祈禱一路平安順暢，不因酒駕出事情。

第二天清晨五點，浴室再度傳來按摩浴缸的啟動聲，我安靜地起床，整理行李，坐在窗前的椅子，等待黎明。到了八點，修和我穿戴整齊，拎著我們的行李袋，到家庭起居室。空氣中滿滿是培根的香氣，史東穿著毛衣和長褲，赤腳站在地暖地板做早餐，他看起來寧靜安詳，令人無法和昨天的瘋子銜接在一起。

我和修向史東道早安，史東回問，是否要吃法式吐司和培根？

他讓我想起小說化身博士裡的人物，誰能想像這個動手為兒子做早餐的仕紳，轉身就變成惡魔？可是我不敢開口說不，沒種的我只好點頭。

修和我安靜吃著早餐，濃濃的奶油融化法式吐司的甜蜜，油脆的培根塞在我的牙縫裡，我喝口現打的柳橙汁，新鮮解膩。昨天的事歷歷在目，我鄙夷自己的虛偽，但在絕對的強權下，除了遠離毫無其它辦法。只好隨著修的節奏，機械式回應，史東，謝謝你。

史東微微笑，對我說過完年後，到他的辦公室，他要讓我參與一份新計畫。

我應該感恩戴德，無奈我已經失去興頭，因為我怕哪天得罪他，會死無葬身之地。想到從前修替我向史東尋求幫助就汗顏，原來他也是冒著生命危險呀！眼下還需保持冷靜。「謝謝。」我禮貌性地回答，把戲演完。

史東點點頭，問修是否需要他開車送我們去火車站？

修回答：「不用了，菲力蒲會來載我，」

我坐上菲力蒲的車，回頭望著史東的豪宅，猶如美麗的監牢。車子駛出前院，身上緊張的肌肉漸漸鬆弛，假釋還是有用的。將手伸出窗外，看著雪花飄進掌中，冰涼透心，瞬間化成水，好像誰流的淚。回去要把東坡傳再讀一遍，如何才能此心安處是吾鄉。

第十五章

鑽石愛情烏龍香

有夢最美，誰才是我該愛的人？

當紐約時代廣場的彩球墜落，天空煙花綻放，一九九四年終於在跨年倒數的慶典中降臨。隨之而來的是農曆新年，木狗年，俗話說狗年行大運，寄望新的一年，事業有所進展。由於公司只慶祝猶太人或愛爾蘭人的節日，農曆新年不算在民族放假日內，更減低我想慶賀的念頭，這是生活在美國的一大遺憾，年節的氣氛只有靠看中文頻道轉播節目聊表一二。以前嫌過年的恭喜發財歌無趣，現在聽到備感親切，真是此一時彼一時。

除夕夜，自己在家煮冷凍水餃，靜默地和修一起慶祝過年，第二天照常上班。一到辦公室，來自牙買加，送公文的喬跟我恭喜，出手給我一個紅包。我很驚訝，打開一看，裡頭是十五美元和一張樂透彩券的影本。我才想起來，先前喬問我是否要跟他集資買樂透，我覺得好玩付了五元。身為貧窮的打工族，想靠微薄薪資翻身似乎是不可能的任務，中樂透反倒成人生新目標，至少有買有希望。

收到開春好兆頭，我站起來擁抱喬，又從其中抽出五元給喬，請他繼續購買下一期的彩券。喬咧開嘴笑，露出一口潔白的牙。

「你們在幹嘛？」我和其他律師共用的祕書蘇珊，一個箭步衝到我的辦公室門口。

「沒事，喬送文件給我。」

蘇珊說：「別騙人，你們倆在玩樂透。」

「你也跟其他人一起買，不是嗎?中大獎時，別忘了分紅。」其實辦公室許多同仁都會集資買樂透，不過律師們集資時，從來沒人邀請我參與。而蘇珊基本上不搭理我，總是推說其他律師給她的工作量超支，沒空做我交代的事，為此我勤練打字，校對文件，自行影印，而喬常常優先幫我處理故障的影印機。

蘇珊驕傲地揚著頭。「當然，頭獎非我莫屬。」她不屑地睨了我一眼，慢吞吞地回自己的座位。

我忽視蘇珊的目光，不在乎她的挑釁，因為我還有更重要的事，再一次檢查手中的文件，等待我人生中的第一個潛力客戶。一個星期前，修就讀法學院時的室友，劉強尼，介紹一位來自北京的朋友，余安娜，需要聘請律師幫她在紐約設立公司。據說余家事業在大陸橫跨礦業和房地產開發，而強尼在美國畢業後，到香港的跨國投顧基金公司工作，因此認識安娜。由於修的事務所沒有會講中文的律師，修決定將這機會讓給我。為了準備今天的會議，我將事務所的文宣翻譯成中文，自掏腰包請唐人街的打字行幫我打字列印，因為事務所的電腦沒有中文軟體。我甚至一早到中國城去買港式點心，希望能讓安娜感覺賓至如歸。

到了十點，接待小姐珍妮通知余小姐的到來，我下樓去迎接。余安娜約莫二十出頭，身材瘦小，穿著粉紅色香奈兒的套裝，手提著路易威登的公事包。我用中文歡迎她來訪，她鬆了一口氣，對我說好不容易碰到精通中英文的律師。我先帶她繞一圈，參觀事務所令人讚嘆的高樓風景和藝術長廊，再請她到會議室開會。會議桌上擺著熱騰騰的蓮蓉包，一吃爆漿，再配上我自備的茉莉香片，安娜吃得眉笑眼開。這是奶奶從前做生意的手法，她說餵客戶吃甜點，心情一好，東西就買的多。

我和安娜聊起女性創業者，紐約居大不易，安娜點點頭，訴說生活在紐約三個月以來的辛苦，問我如何學習英文，才能說得更流利。我給她語言教練麗茲的電話，並且介紹本地的華人及其他工商團體，希望對她的事業有所助力。

安娜表示她的家族計畫在世貿大樓設立分公司，打算進軍曼哈頓的旅館業。我將中文簡介遞上，她翻著精美的印刷文宣，聽著我介紹各法律部門的功能，特別是許多中國人來美國旅行洽公，作為全球金融中心的龍頭，紐約市占有絕對的優勢。
安娜從公事包拿出支票簿，問我應該要付多少錢？我請她稍待一下，讓我先去安排。其實我非常驚訝，這麼快就跟我生平第一個客戶簽約。人生好矛盾，小時候課本裡教導海峽對岸是萬惡的共匪，要反共抗俄，現在的我卻靠他們討生活，孔方兄果然有統一的魅力，到哪裡都吃得開。
記得同事艾美曾提過，律師助理是不能單獨擁有客戶，必須由合夥律師代表出面簽約。該找誰呢？拿起電話打給史東的祕書，心想如果他在忙，那我就可以找別人。沒想到祕書瑪麗說他會立刻過來。幾分鐘後，穿著無懈可擊的深灰色手工製義大利西裝的史東出現在會議室，滿臉笑容的他，請我用中文口譯他所說的話，基本上公司登記和租約文件協調等事項，律師費約是五萬美金，他的鐘點費是五百，我則是一百二十五元，事務所先收一萬美金作為預聘費。
安娜爽快地簽下一萬美金的支票，史東說明天會將簽約文件快遞到她的住所，剩下的事他會一手包辦，請安娜放心。會議結束後，史東和安娜握手，和我一起送安娜到電梯口。安娜離開後，史東對我說，他有客戶計畫去海南島投資開賭場，希望我能寫份有關中國博弈的法律報告，說不定他會帶我跟客戶一起去海南島實地考察。
我好開心，在事務所快一年，終於可以正式參與公司專精的商業案件，好奇的我問起為什麼不在澳門開賭場呢？因為在大陸賭博還是違法的，但是澳門將於一九九九年回歸，市場會開放賭場牌照，是插旗澳門最佳的時機。史東表示他的客戶，有大陸軍方的支持，因此選擇海南島。我聽後回答，朝中有人好做官，既然客戶另有關係，那我就不必多言。再次感謝史東分派工作，追問史東對於安娜的公司設立，我可以幫上忙嗎？史東說他會全權處理，叫我不用擔心，我只好點頭離開。

其實我有點兒納悶，因為我曾見過資深律師潔西卡工作時，吩咐新人律師布萊恩，依據既有的公司文件樣本，再為新客戶準備一份申請文件。這次我簽下新客戶，為什麼不分配給我任何任務呢？或許我想太多，史東已經吩咐我做賭場法律的研究報告，不應該疑神疑鬼，而是要努力用工作表現令他驚艷，等到我們一起去海南島考察後，事務所更能看見我的價值，到時才容易向合夥律師們爭取，從助理升等為律師。

下班後回家，急忙告訴修這個好消息。修比我還開心，他立刻打電話到香港，謝謝他的室友強尼的轉介。強尼在電話另一端大笑說，請修轉告我不必掛懷，因為他深知在美國華裔要出頭非常艱難，更別提我是外國人。此外他別有私心，希望很快能喝到我們的喜酒。

掛下電話，修提議到外頭餐廳吃飯，慶祝我的第一個客戶。我們坐上計程車，車子停在第五大道和五十七街的交接口。走出車外，我問修今晚去的餐廳是哪一家？修走到蒂芙妮珠寶店的門口，推開大門等我前行。「莉莉安，我要買個戒指給你。」

「你不是要跟我求婚吧？」我的心跳加速，這消息來的太突然，讓人毫無準備。

「我們先訂婚，剩下的事以後再說。」修抓著我的手，一起走進這窈窕淑女的名店，我的心情像電影情節般上演。

一位穿著墨綠色長洋裝的銷售員親切詢問我們，想看什麼樣的鑽戒，一克拉還是兩克拉？她說男人應該花三個月的薪水在求婚戒指上才有誠意，因此一克拉是七千美元，兩克拉是兩萬美金。

喲！好貴。我立刻出聲說不要鑽石，制止銷售員從展示櫃裡拿出鑽戒。「我看金戒指就好。」修賺的是辛苦血汗錢，還有一堆卡債和學貸，我不想他把錢花在我身上，鑽石不過是石頭一塊。

沒問題，銷售員回答，引領我們到另一個櫃檯，將一排十八K金的戒指全部擺在玻璃檯面上。最後我選了一個戒面，有兩繩纏繞代表永結同心的金戒指，要價四百元。修把戒指套在我的手上，想到他給我的愛，心田種滿暖玉生煙，內心的喜悅，洋溢在這特別的時刻，過往的陰霾，守得雲開見月明，只剩下滿懷的感動。好開心自己終於成為他的未婚妻，希望快樂能伴隨我們直到地老天荒。

「戴在你手上，非常好看。」修邊說邊把信用卡遞給銷售員。

「謝謝你，我很喜歡。」修立刻輕吻我，他溫柔地看著我，笑著露出一點點上排的牙齒。他心滿意足的模樣溫暖我的心房，好像一道陽光閃耀，即便此刻世界傾倒，我的心會因為他的笑容而堅強，因為我知道不用擔心無知的未來，只需享受修給我的愛。

「莉莉安，你應該多笑點，我保證日子會越來越好。」

第二天，奇妙的事接二連三的發生。當我在等電梯時，公司法部門的合夥律師詹姆士，突然替我擋住電梯門，等我一塊坐電梯，還問我是否有空和他聊聊。我受寵若驚，因為去年剛進公司時，曾到他的辦公室自我介紹，希望得到工作分配。後來他在走廊看到我，連招呼都不打一聲，裝作不認識。這次我隨他進辦公室，他親自替我泡杯咖啡，詳述他的客戶是洛克菲勒慈善基金會，事務所的租約就是由他經手。他恭喜我引進中國的客戶，有興趣跟我合作。我很好奇他的消息如此靈通，他說自有管道。我禮貌性的表示，會謹記在心。為什麼要跟他合作呢？他沒給我任何幫助和承諾。

等我回到自己的座位，同事艾美說合夥律師迪克剛才來過辦公室找我。迪克不是有好兄弟的姪子布萊恩輔佐嗎？找我做什麼呢？大概跟詹姆士一樣的目的，我立刻到他的辦公室洗耳恭聽。

不出所料，迪克開門見山，說他希望能成為下一位替我簽約記帳的合夥律師。我表示對中國人而言，身分很重要，既然我已經考上律師執照，名片上需要印律師的頭銜，這樣對招攬華人客戶才有說服力。迪克說這很簡單，他從抽屜拿出一盒名片，叫我去參加商業團體會議時，派發他的名片。

真不知道這些合夥人的腦袋在想什麼，他們期望尋找客戶，卻沒人願意給我任何工具，連張公司名片都捨不得。

「我用你的名片，只會讓客戶充滿疑慮。」

「好吧，那你自印名片，把律師兩字用中文印在背面，正面英文就不要寫任何頭銜，我裝作不知情。」

這不是廢話嗎？我早就私下用印表機印名片使用。因為人事處經理麥德玲，連我的助理名片都拖延不印，好像我是妾身不明的隱形人。艾美曾說助理在就職一個月內會收到名片兩盒，如今我想要正式的事務所名片都無法如願，只好改絃易轍，希望迪克能替我換一台新電腦，因為我的電腦是全事務所最老舊，無法裝置中文軟體系統，事務所如想跟中國客戶來往，必須花錢找華人公司打字列印，總不能一直叫我出錢。

「可以，我替你去向麥德玲申請新電腦。」迪克面露喜色跟我握手，離開時，他神祕兮兮地說，聽說你和跑腿小弟喬一起買樂透，如果想更上一層樓，要注意自己的形象，不要跟下九流的人混作堆。

我猜測是祕書蘇珊的大嘴巴，到處宣揚的結果。可是我和誰來往，又關這些人什麼事？我對迪克說，謝謝他的提醒關心。走出門外，真想拿根棒子狠敲他的頭，誰也別想控制我在事務所來往的對象，他們眼中的下九流恰巧是給我實質協助的朋友。

回到自己的座位，電話聲響起，接待小姐珍妮說有位醫生在線上等我。會是誰呢？由於健康保險自付額奇高，除非生死大事，我儘量不就醫。我請珍妮接通，問對方是哪位。

他開口用中文回答：「終於找到你，我是傑森。」

這聲音似曾相識，誰的英文名字是傑森？想起來了，去年秋天我和蘇菲亞以及吳鯨，去拜訪在哈佛的小馬時，傑森是念碩士的太陽人夫，曾跟我們一起賞楓。「孫醫師，你好嗎？你怎麼有這號碼？」由於我害怕和男人同居的祕密被發現，因此不留電話號碼給不熟的人。

「大忙人，你很難找耶！我根據電話簿上，所有曼哈頓律師事務所的號碼，每家詢問，這是我第三天的嘗試。」

他連打三天電話的誠意，令人佩服，對他我有種說不清道不明的感觸。他的善良吸引我，如果他是我的男朋友，我就不必躲躲藏藏，不用面對種族歧異的問題，再加上相同的文化背景，不必雞同鴨講，日子比較容易過。可是一想到離開修，我有深深的罪惡感，尤其是他做了許多努力幫助我留在美國。人到底應該選擇喜歡自己的人，還是自己喜歡的人在一起？

「辛苦了，其實你可以請小馬來通知我。上次謝謝你的醫療救援，我還欠你一頓午餐。」

「醫生的本能，不必在意。小馬說他只有你的通訊地址，奇怪的是，櫃檯小姐說，你們公司的律師沒人叫莉莉安，只有助理。」

出包了。常在河邊走，哪能不濕鞋？這就是為什麼我期盼獲得事務所的認可去印名片。「辦公室有四百多名的律師，我這幾個月才宣誓成律師，總機小姐搞不清楚。」

「了解，就像在醫院實習時，我有執照但還不是正式的醫師。」

「差不多。有事找我嗎？」避免謊言被拆穿，最好不要在同個話題打轉。

「再過兩個禮拜，學校放春假，我想去紐約玩，順道拜訪你，如果你有空的話。」

「沒問題，歡迎大駕光臨。我承諾過要請吃飯，不過恐怕沒法當導遊。給我你的住址，我寄地圖、旅行團的資料和航班的時刻表供你參考。」

「太好了，期待相會。」

兩星期後，我上完麗茲老師的語言課，和孫醫師約在中國城的港式茶樓見面。女侍領我到包廂，孫醫師已經入席，他看起來還是我記憶中彬彬學者的模樣，活脫脫的高富帥，可惜我不是白富美。

「真抱歉，我遲到了，希望你沒有等太久。」

孫醫師立刻站起來，幫我拉椅子。「沒關係，美女都值得等待。」

「唉呦！受寵若驚。肚子餓了吧，先點菜。」

我和孫醫師點了一般的點心，還叫了清蒸牛百頁、麻油炒腰花和皮蛋瘦肉粥，這些都是修不敢吃的菜。雖然修喜歡港式飲茶，但對動物內臟和臭雞蛋還是敬謝不敏。在異國土地，能和同鄉毫無忌諱一起品嘗故里美食，配上一壺烏龍茶，真是快意人生。

「對了，我有禮物送你。」孫醫師從他的背包內拿出一個長方形的禮盒，上頭綁著銀色的蝴蝶結緞帶。

「不好意思，我沒準備。」我從他的手中接過盒子，好奇其中的內容。他說是個有紀念性的小禮物，催促我立刻打開。我拆了蝴蝶結，掀起盒蓋，裡面裝著一本相本，相本內是我們去年到白山森林公園遊玩的照片。孫醫師捕捉了美麗的楓紅，燦爛的陽光和愜意的我，照片張張生動，好用心的禮物。

我向孫醫師致謝，他微笑以對，叫我不必客氣。翻到相本最後一張的團體照，我問起大提琴家梅樂迪的近況。

「她最近忙著校內公演，明年準備畢業。」

「什麼時候去提親？你母親婚前也是音樂家，門當戶對，她媽媽又那麼喜歡你。」

「不要亂說，我們只是普通朋友。我媽結婚後，作全職家庭主婦，犧牲自己成就他人。我不想復刻父母的人生，畢竟結婚的對象是跟我過日子。」

「聽說醫生相親的對象，都是帶著房子車子當嫁妝，還可以投資開診所。我家很窮，凡事要靠自己。」

「我家族其實是做科技業，我有一技之長，不需要妻子的陪嫁。因為靠山山會倒，靠人人會跑，你這樣最好。」

我禁不住笑出聲。「大才子，還會順口溜。除了生孩子外，有什麼你不會的？坦白從寬，讓凡夫俗子膜拜一下。」我雙手合十，向他致意。

孫醫師被我逗樂，笑著摸摸我的頭髮。「婦科有 run 過，接生沒問題。對了，你打算在美國待多久？」

好問題。曾經以為美人魚找到王子，從此幸福快樂的生活在一起。但是現實的殘酷，屢屢刷新我的認知，我不確定自己真能無懼這社會上，對不同種族間通婚的異樣眼光和蜚短流長。

「老實說，我給自己再一年的時間，來評估到底能走多遠。」

「你要為自己的成就自豪，我知道以一個外國人的身分，要成功有多難，這就是我念完要回臺灣的主因。在美國發展，對我們專業人士來說，得重新來過，再加上競爭和歧視，熬到猴年馬月，實在太辛苦。」孫醫師輕柔的說話，溫情的目光注視著我。「莉莉安，我真的很喜歡你，如果你決定回臺灣，可以給我交往的機會嗎？我會等你。」

我的心臟怦怦跳，不由自主地咬著下唇。「我不知道，你是個好人。」

明知自己該告知，我有同居中的未婚夫，可是我懷念在臺灣的父母、大姊和小弟。每當母親提起她是多麼希望我回家，心頭就像撕裂般難受。我懷念說母語的時光，我懷念身為臺灣社會的一分子。記起父母從前的評語，為什麼不能找個好的臺灣男子交往呢？彷彿所有事，都能因此化難為易，輕鬆解決。我好想同意孫醫師的提議，這樣我的人生是否從此一帆風順，人人稱羨？不經意觸摸手指上的戒指，計畫跟我永結同心的修，還在家中等候。

孫醫師一臉真誠，伸出手將我散落在臉龐的髮絲捲入耳後。「現在什麼都不必說。花點時間，慢慢了解我。」他提起茶壺緩緩地增添茶水。「明年我回C大醫院三年，等你準備好時，打電話到醫院找我。」

我舉起白瓷的小杯，看著杯中明澈鮮麗的琥珀茶色，雖然沒有我喜歡的菊花茶的清香，卻含有天然果香，甘潤而不苦澀，茶湯過喉徐徐生津，口中甘甜而回味，更勝西方紅茶。我啜著烏龍茶，聽著傑森講述哈佛求學的趣事，暗自擔心今晚要吟唱公主徹夜未眠。哎！這惱人的咖啡因。

第十六章

隱性歧視難解脫

不論如何努力，無法超越因人而異的標準

今早踏進辦公室，同事艾美透漏一個震撼性的消息，我的貴人，資深律師潔西卡，已經遞出兩週的事前通知。啊！全年無休的她終於想通要放假嗎？不是，艾美說這代表她正式提出辭呈。

我大吃一驚，潔西卡是我見過最認真又不藏私的律師，去年事務所沒照約定升她做合夥人，反而提拔外號芭比娃娃的律師妮琪，她比潔西卡資淺，還跟已婚的迪克有一腿。我以為潔西卡今年準備捲土重來，沒想到這麼快就放棄。艾美偷偷告訴我，根據有力人士的消息來源，合夥人管理委員會早已決定，今年將從房地產法部門升任一位合夥人律師。潔西卡跟錯老闆，史東·凱勒從來不為替他工作的律師爭取權益。

艾美的話如醍醐灌頂，我請她解釋清楚。艾美站起來將我們辦公室的門關上，她雙手抱胸，認真地看著我。「我不是愛管你的家務事，但看在這些日子以來，你努力嘗試的份上，給你一點建議。雖然你安分守己，其實我早知道你是史東兒子的女友。」艾美停頓著等我的反應。

「我不是故意隱瞞，有人叫我守口如瓶。」為了保守這個祕密，每當修拜訪他父親時，我只好和修在事務所外見面。弄了半天，原來自己穿著國王的新衣，還以為能瞞天過海，說不定全事務所的人，都在嘲笑我自欺欺人。

「親愛的小孩，你的苦處我能諒解。」艾美拍拍我的肩膀。「在我們這裡，認真工作只是升遷的因素之一，資深律師需要眾多合夥律師的支持，才能加入合夥人行列。史東工作勤奮，但是他和很多人處不來，不像其他合夥人懂得操作辦公室政治。因此我不認為史東有潛力成為管理合夥人，無論他引進多少客戶。」

「這跟潔西卡有何關聯？」

「潔西卡經手的工作多來自史東，但他不願做替潔西卡出力的鬥士，因此連續兩年潔西卡錯失加入合夥人的機會。她在我們事務所已經沒指望，不能往上只好走人。」

艾美的話令我大開眼界，我的心願成為事務所的律師，是否也是夢一場？連潔西卡都不能成功，我的機會恐怕更渺茫。難怪自四個月前簽下余安娜後，史東從未分派我任何相關的任務。嘗試提醒他，我樂意參與安娜的案件，史東聽完後一笑置之。一個月前，我甚至招攬了兩個來自上海的商會團體和四川的律師公會成員團到事務所參觀，為跨國法律合作案鋪路。搞了半天，都是自己的癡心妄想，連年終都沒發績效獎金。說的也是，功勞都是我在算，老闆謝過就忘記。

「艾美，謝謝你。若沒有你的忠告，我不知道如何在此生存。」

艾美輕撫我的肩頭，像母親安慰小孩。「大家互相幫助，我不希望你太過失望，如果結局不如預期。」

我點點頭，試著擠出一絲笑容。「至少從現在起，我不用再避開你跟男朋友熱線。」

艾美嘿嘿地笑。「完全正確。」

我走到潔西卡的辦公室跟她道別，她正在清理室內的物件，我感謝她對我的教導，因為她是我合作過最棒的律師之一。潔西卡從書架上拿起兩本證券交易法的參考書籍。「留個念想，這不是事務所的財產，算是我送妳離別的小禮物。」

我將書接過來。「你要去哪呢？」

「我會去紐約長島一家較小型的事務所，先從顧問做起，他們承諾在一年內讓我加入合夥人行列。」

「太棒了，離開這個鬥得你死我活的割喉島。」一種兔死狐悲的憂傷悄然而生，我的胃開始翻騰。

潔西卡笑出聲。「莉莉安，你對自己有何打算？」

「還不確定。」

「昨天史東和客戶，帶著布萊恩去海南島考察旅行，你知道嗎？」

「真的？我完全不知情。天呀！」背叛的滋味是如此苦澀難以下嚥。寫了兩篇中國博奕現況的研究報告後，我以為史東會帶我跟客戶去考察。我自認專業知識和中文能力，遠遠超越考過三次律師考試才及格的愛爾蘭籍同事布萊恩，我應該是出差中國的最佳人選，眼前突如其來的打擊，實在讓人無法接受。

「身為你的前任指導，建議你儘快自尋出路，因為這家事務所是所謂的『白鞋子』公司，作為少數族裔，你永遠沒機會出頭。」

「此話怎講？我沒看到律師穿白鞋子。」

「白鞋子是意喻公司是由 WASPs 的菁英所掌控，他們通常古板守舊，對像我這樣的猶太裔和其他非 WASPs 的人而言，發展有限。」

「A wasp？我要如何加入黃蜂團？」

「不，你會錯意了。WASPs（White Anglo-Saxon Protestants）是指祖先為白人盎格魯薩克遜的新教徒，有權勢和影響力的白種人。你，進不去的。」

我的心往下掉，將手緊緊的插在口袋裡，臉上裝做不在乎的樣子，以維持表面的寧靜無波。我想修應該不知情，不然他會早點警告我，趁早另起爐灶。

「謝謝你的建言，我會開始留意。」

「很好，如果你需要推薦信，這是我新事務所的電話號碼。」潔西卡在便利貼上寫下她的聯絡方式。這張薄薄的小黃紙，是我們之間最後的聯繫。

我將便利貼緊緊地握在掌心，祝福潔西卡新的工作順利。潔西卡點點頭，給我一個大大的擁抱，我們倆人分開時，眼眶充滿淚水。雖說天下沒有不散的筵席，但給我溫暖的人少一個，這天地就越發冷冽。

潔西卡離職後，我的工作量明顯減少，更糟糕的是，我得不到有意義的任務。身為助理，我並不像一般律師，需要達到某種能記帳的時數，但是光影印、找法案和整理文件，是沒有算入記帳時數內，即便我整天都為這些無聊的瑣事奔忙。果不其然，人事處經理麥德玲很快把我叫進她的辦公室，質問我為什麼最近沒有可記帳的工作時數？我表示合夥律師說最近生意比較差。麥德玲皺著眉頭回應：「我曉得。」她說檔案室的雇員，一個月前辭職，從現在開始我改去檔案室幫忙，整理檔案。

我的臉開始發燙，心中憤憤不平，合夥律師們客源不足，沒有編派任務，不是我的錯。況且其他的助理也是坐在辦公室，看雜誌度小月，為什麼是我去檔案室？何況那些工作，完全沒有記帳時數，對我毫無助益。空有律師執照，卻難有用武之地，再下一步大概是去掃廁所吧。痛恨自己被邊緣化，整理檔案不屬於我雇傭契約內的工作範圍。

「我可以去訴訟部門尋求任務嗎？幾個月前，我曾替訴訟法律師，保羅，找證券交易法委員會的資料和影印文件，我是一學就會的人。」

「花時間訓練你很麻煩，乖乖去檔案室報到。」麥德玲把眼光避開，專注在她的電腦螢幕，開始敲鍵盤。

「在檔案室要待多久？」

「直到僱用新人。」

天知道何時事務所會招募檔案室的人員？可以是幾個月甚至幾年。無論我怎麼做，就算是引進客戶，都無法討好長官和上司。潔西卡是對的，我的確應該另謀高就。可是美國本土律師間競爭激烈，我去哪裡找新公司，願意為我這個外國人重新申請工作簽證。沒有合法的身分，想在人才濟濟的紐約市，和本土菁英爭取同樣的位子，談何容易？

回家後，我跟修訴說今天在事務所發生的一切。

「呸！這真是糟透了，我很抱歉。」修表示將跟同事詢問求職的事。「你知道，我不能再麻煩我爸。」

「我會開始寄履歷表，替我找工作不是你的責任。」

修輕輕抱著我。「我不想看見你沉浸痛苦中。」

「如果有一天我離開，請你再覓良伴。」

「別胡說。」修用力的抱著我。「你是我唯一所愛。先放下一切，我們去度假。下個月我媽在北卡州的外灘群島，租了一棟有五間臥室的海濱豪宅，她希望我們和我哥一起去住一星期。」

「房租是多少？我沒錢分擔租金。」為了不讓貝蒂說我是淘金者，我儘量負擔自己的生活費用，沒有餘錢去度假。

「週租是三千美元。別擔心，這次我和母親共同平分租金。」

「你可以自己去嗎？我的假很難請。」

修握著我的手，撫摸著我的長髮。「沒有你，我不去。這次假期對我母親來說很重要，她喜歡子女環繞身旁。」

我好想拒絕，當我看到修眼底的渴望，卻無法開口。「好吧！但是你不准告訴她，我們訂婚的事。」

修點點頭。「當然。振作起來，外灘群島很美，你會喜歡的。」

＊＊＊

北卡羅萊納州，外灘群島，一九九四年九月

外灘群島（Outer Banks）位於北卡羅萊納州（North Carolina）的海岸，兩百英里狹長的屏障群島。修和我清晨出門，先去康乃狄克州跟史東借跑車，然後開到北卡州境內已是下午。

當車子經過外灘群島的可露拉村（Corolla），我興奮地喊出聲。「快瞧！海灘上有馬群。」

修說那是五百年前，西班牙探險家發現新大陸時帶來，殖民地時期的西班牙野馬，衍生至今的後代。哇！不可思議能看到野馬在海灘自由奔跑，實在難得。真希望自己有和野馬一樣的精神，在海灘囂張的任意逍遙。

修將車停在一家房地產仲介公司的門口，貝蒂和查德已經坐在門前的長椅等待。修和他母親交換臉頰親吻，貝蒂給我一個擁抱，接著抓著我的手仔細觀看。

貝蒂問：「我美麗的莉莉安，這是新戒指嗎？你和修訂婚了？」

「不是，這是慶祝我生日的友誼戒。」我睜眼說瞎話。

「我想也是，上頭沒鑲鑽石。你的運氣真好，史東從沒有為我買過任何東西。」貝蒂說完放開我的手。「修，我是你媽，可以告訴我所有的事，如果你決定結婚的話。」

「是的，母親。」修說完，對我眨眼。

貝蒂說：「對了，查德的未婚妻，明天會從佛羅里達州過來，我迫不及待想見到她。」

去年聖誕節時，查德還是孤家寡人，九個月後竟然訂婚了。我偷偷問修他們怎麼認識的，修表示查德現在隸屬重生派的基督教，和未婚妻上同一個教會。

我們一夥人走進仲介公司，負責租賃的仲介女士因公外出，接待人員請我們再等十分鐘。

查德開口說：「莉莉安，你知道嗎？沒有我們，你在這裡租不到房子。」

我好奇的問：「為什麼？」

查德壓下嗓門，低頭對我說：「仲介不會告訴你，在南方，人們不會租給像你這樣的有色人種。」

我忍住翻白眼的衝動，收斂下巴，拉遠我和查德的距離。「海灘到處都是，華人有錢時，可以把整個島買下來，問題就解決了。」

查德反駁：「哼！就算有錢，也不會賣給你們。」

「別聽我哥胡扯。」修打斷我們的對話。「他喜歡亂開玩笑。莉莉安，我們到後頭去欣賞海景。」修拉著我走向仲介公司的後院。

十五分鐘過後，仲介女士回來，將鑰匙交給貝蒂，囑咐我們在七天租約到期的最後一日，要將房子收拾乾淨，垃圾放到屋外的垃圾桶，不然會罰五百美元的清潔費。

修和我跟隨查德的休旅車，開了二十分鐘，來到一棟面向大海，美式殖民風三層樓的建築物。海風吹著我的頭髮，白色沙灘在陽光下如黃金般閃耀，令人神往，不禁生出想一躍入海的衝動。

這棟房子非常大，室內有六千英呎，頂樓是客廳和廚房，及俯瞰大海的整面落地窗。二樓有一間面海的主臥室和兩間海景套房，底層一樓則是兩間兒童臥室，共享一間浴室，裡面是上下舖的雙層床。由於海灘的積沙堆高阻擋景觀，一樓的窗戶是面對馬路，沒有海景。

大夥坐在客廳，欣賞窗外的海天一色。貝蒂首先表示，身為母親，她有權進駐主臥室。她希望查德的未婚妻寶拉，能享受美好時光，因此二樓的海景套房，一間分給查德，一間留給寶拉。查德立刻大聲謝謝貝蒂，露出洋洋得意的表情。最後貝蒂說，希望我和修不要介意，睡在一樓的房間。如要欣賞美景，走到樓上的客廳即能看見。

我轉頭看著修，修給我一個稍安勿躁的眼神，我們倆無奈地提起行李，走到一樓的房間。修問我生氣了嗎？他說他哥什麼都是要得到最好的。我問修為什麼，他付了一半的租金，卻住最差的兒童房，而查德可以白吃白喝，坐享其成。為什麼修不跟他的母親抗議呢？

修面帶猶豫，擔憂地看著我。「我有提過，當年我父親在求婚之前，我母親跟他吵架，曾經自殺未遂兩次，住過精神病院嗎？」

我搖搖頭。

「人生無法盡如人意，我們不值得為這些小事爭吵。」

出錢的人認為這是小事，我還在計較什麼。修攤上以自殺為勒索武器的母親，這場戰役，注定節節敗退。忍字頭上果然有一把刀，砍得我傷痕累累。我把行李袋丟進衣櫃，躺在下鋪，用力地搥著枕頭。虎落平陽被犬欺，野馬終究不能圈養在馬廄中。

第二天早上，我八點起床，修說貝蒂表示要等到十一點先去買菜，再去吃早午餐，因為查德打通宵的電玩，現在還在睡。我餓著肚子，坐在客廳等。落地窗外的碧海藍天，無法阻止我的肚子飢餓作響，美景真的不能當飯吃。

到了十點五十分，查德終於起床，開著他變賣掉史東的皮卡貨車所買的新休旅車，載著我們去超級市場。我和修推著推車，根據貝蒂的清單開始採買，等到準備結帳時，貝蒂和查德卻不見人影。修和我繞了一圈，才發現他們兩人坐在熟食區，剛好吃完比薩和可樂。

超市採買結束後，已經過了十二點半。查德開著車，對坐在旁邊的貝蒂說，去餐廳之前，能否先參觀這地區的預售樣品屋？接著從口袋裡掏出一本房地產雜誌給貝蒂。貝蒂翻看後回答，太棒了，我最喜歡看樣品屋。她轉頭向後看著修和我，希望你們不介意實現我這老人的願望。

修回答，當然不介意。查德立刻插嘴，保證不會太久。

我不曉得那些房地產開發區有多遠，只知道餓著肚皮，在陌生地方參觀一間又一間的樣品屋，實在折磨人。再回到車上，看著手錶，下午兩點，我對修小聲地說，我真的好餓，可否請他哥在途中放我下車，買點東西墊墊肚子？

貝蒂回頭對我高聲斥責：「閉嘴！有點耐性！我們是一家人，要一起行動。」

查德說：「我保證下一棟是最後一間。」

我吞下口水，用力眨眼不讓眼淚流下來。修搖搖頭，握緊我的手，用嘴形對我說抱歉。我緊咬嘴唇，沒人聽見我內心的吶喊。樣品屋之旅終於結束，查德開到一家連鎖美式餐廳，等到女侍遞上菜單，已是三點鐘。由於餓過頭，胃痙攣到吃不下，我匆匆點份起士漢堡和薯條，吃了兩口滿嘴的油膩，只好放下，請女侍打包帶走。

貝蒂問：「你怎麼吃這麼少？不喜歡這食物嗎？」

我皺著眉頭看著修，他替我解釋，因為我的胃不好，不能一下子吃太多。

「她應該比較喜歡吃壽司。」查德插話。「你知道的，東方人總是想吃飯。」

貝蒂盯著我，一副苦口婆心的表情。「這裡是美國，你要學著融入，壽司店或麵店不容易找，我勸你不要這麼挑食。」

我有說過要吃飯嗎？我甚至不喜歡生魚和醋飯，但欲加之罪，何患無辭？我拿起塑膠籃裡的小餐包，靜默地配水吃下，安撫脆弱敏感的腸胃。

等我們回到度假豪宅時，查德的未婚妻寶拉和另一個女人同時現身。這兩人都是小象隊成員，寶拉留著棕色捲髮，蒼白的臉上塗滿藍色眼影和煙燻妝的眼線，像是剛從搖滾演唱會散場，她的同伴和她穿著相同的黑色洋裝。貝蒂給寶拉一個大大的擁抱，歡迎她來訪。

「希望你不介意，我臨時決定帶表妹甜甜一起來。從前我們沒時間一塊度假，更何況等我十一月的婚禮後，更沒機會了。」

貝蒂高興地說：「你就是我的家人，甜甜也是。你們會喜歡，我特別準備的海景套房。」

寶拉從她的手提袋中取出一個白色塑膠盒。「這是我從工作的餐廳帶來的三明治，待會大家可以吃一口嘗嘗味道。」

貝蒂微笑接過盒子。「謝謝你想到我們，我最愛三明治，但莉莉安不行，她只想吃飯。」

「我也喜歡米飯，尤其是日式加州壽司捲。」寶拉開心地看著我，等我稱讚她的善解人意。

我不置可否地點下頭，放棄糾結米飯的事。以前聽聞關於亞裔刻版印象的議題，都覺得當事人應該據理力爭，才能扭轉世人錯誤的評價。到了美國，試過後才發現在別人的土地，許多人有保守的思想，寧願固守既定印象，也不要改變，說再多也是枉然。

我和修準備晚餐，大家吃過後，輪到查德洗碗。他將所有碗筷堆疊在廚房的水槽，聲稱要明天早上再洗，隨後將他帶來的錄影帶《窈窕奶爸》，放入錄影機中播放。由於我和修早已在戲院，看過這部羅賓威廉斯主演的家庭喜劇電影，再加上旅途勞頓，我跟修說要先回房間休息，暗自離開客廳。

我躺在下鋪的床上，看著貝蒂送我的二手書，華裔作家譚恩美的代表作《喜福會》，內容是探討在舊金山一群美籍華裔女性和她們華人移民母親間的關係。貝蒂說讀過此書後，更明瞭中國社會和傳統文化是多麼糟糕，希望我千萬不要把修拐回中國。中國，一個我自己也沒去過的地方。

書才翻幾頁，就有人敲著房門。我還沒來得及起床，門就被打開，貝蒂走進來，後面跟著修。

貝蒂用她高八度的聲音問：「你為什麼不跟我們一起看電影？」

「我累了。」

「胡說，你在生查德的氣。我知道他讓你晚吃中餐，但是你不可以用這種方式懲罰他。」

我睜大眼睛。「你想太多，我不想重看這部電影。」

「可是你的行為傷害了查德的情感，他氣得揮拳撞擊牆面，導致手指受傷流血。我知道，我不是個好母親。」貝蒂邊哭邊說。「沒有趁早離婚都是我的錯，才導致查德變成今天這個樣子。他不是壞小孩，我跟你道歉，拜託你原諒他，出來跟我們一起看電影好嗎？我真的需要你配合。」貝蒂哭花她的妝，黑色的眼線一滴滴滑落在她蒼白的臉龐，像是鬼畫符。

「這跟你或查德都沒關係，我只是想放鬆休息。」

貝蒂轉頭面向修，像個討不到糖果的小孩，哭得更大聲。「你的女朋友不肯原諒我們，我活著有什麼意義？早知道當年離婚，我就應該帶著你哥去死，這樣你們都開心了。」

貝蒂的話，字字誅心，以死要脅的父母，誰能抵擋得了？可是我不甘心就此屈服。修投以懇求的眼光，讓我更生氣。原諒並不代表需要成為那個人的好朋友，因為寬恕不表示遺忘。貝蒂的行動要我就範，毫無誠意，卻逼迫我要假裝和查德快樂相處，無論他的所作所為是對是錯。為什麼修不能為我挺身而出辯解一次？我氣到從床上跳起來，握起拳頭，很想跟人幹一架。

貝蒂哭得上氣不接下氣，雙眼紅腫，好像全世界屬她最委屈。她以長輩之姿力壓我敬老尊賢的包袱，這詭異的氛圍纏著我喘不過氣，我能跟她比賽哭泣嗎？忽然想起母親曾說過人魚眼淚的故事，每一滴眼淚都是珍珠，我不要把寶貝珍珠浪費在這種人的身上。

她的哭聲令人髮指，吵得我的腦袋快要爆炸。深深吸了一口氣，平復當下的怨恨。

「好，走吧。」

貝蒂的淚水戛然而止，像水龍頭一樣，說關就關。「謝謝你，我知道你最善良。」貝蒂毫不猶豫，如同勝利者般的大笑，昂首闊步的走向門外的樓梯，對著樓上高喊：「查德，賈姬馬上就來。」

我瞪著修，怒火中燒，又把我的名字叫錯，實在太欺負人。誰來教教我，如何同一群瘋子較量？修在我耳邊輕喊，謝謝，我欠你一次。我和修慢慢地踏上階梯，貝蒂早已上樓。我抓住修的手，問他為什麼不能告訴查德尊重他人？

「沒用的。大學畢業後，我從事油漆包商，我哥和其他同學都替我做事。查德懶惰工作不力，只好炒他魷魚。沒想到有一天，他帶刀在停車場偷襲我，我呼喊救命，最後五輛警車出動，將他制伏。事後我沒有控告他，只是拒絕和他聯繫。」修說到一半，語帶嘲諷。「但是我父母無法接受這樣的事。半年後，史東用家族度假的名義，把我和查德硬塞在同一房間，告訴我不准再堅持，立刻和解，因為都是一家人。」

我的左手指深深掐入手掌心，右手倚著樓梯扶手，提著千斤重的腳步，拖著往上爬。我很想停下來，但是修抓著我的手臂不斷催促著我前進，每走一步，就覺得肌肉緊繃，痛苦加倍。不知道這麼多年來，修是如何熬過這些親情勒索的瘋狂蠢事，但我知道，這是我的終點站。隨著每個步伐，我們之間心的距離漸漸拉遠，更加明白，我對修的感情已如玻璃碎滿地，回不到從前了。

第十七章

傷心城市再會啦

親情勒索，無關乎種族國籍，只為人性

邁阿密一九九四年十一月

兩個月後，查德和寶拉在佛羅里達州邁阿密舉行婚禮。寶拉穿著一襲白色蕾絲曳地的名牌婚紗，手上戴著兩克拉的心型鑽戒，四匹雄糾糾的白色駿馬拉著兩輛馬車，載著新娘和六位伴娘，浩浩蕩蕩地前往教堂。香檳色的玫瑰花海裝飾著婚宴現場，凱勒家族的其他成員加上我從紐約飛到邁阿密，參加這個重要的場合。

婚禮的前一晚，史東、黛比、艾波兒、梅、修和我一起去餐廳吃飯。黛比自己倒著紅酒，一杯接著一杯喝，大罵查德奢侈浪費。「這是最後一次，我們不會再付一分錢給該死的婚禮。」

飯後我問修，黛比發什麼牢騷？修說史東負擔婚禮的所有開銷，包括禮服和婚戒，所以黛比氣炸了。

不過貝蒂出三千美元，身為伴郎的修也送上一千美元作賀禮。我很好奇，為什麼不是寶拉的父親支付呢？因為按照西方習俗，女方家長應該負擔婚宴。修說查德早已承諾寶拉一個世紀婚禮，但是他被資遣、沒能力支付。其實兩年前，艾波兒的婚禮也全由史東買單，因為她的親生父親另組家庭，不願意掏錢，但是修說沒聽過黛比有所抱怨。我無奈地點頭，這就是雙重標準，黛比故意說給我和修聽，我們的婚禮休想叫史東出錢。

回到紐約後，我開始向事務所和證券投資公司寄送履歷表。出乎意料，有兩家公司回應。一家日本證券公司，開出年薪五萬的條件，在紐約受訓六個月後得派往上海分公司。另一家是美國的石油公司，一樣是派往北京分公司駐點。我只好謝謝再聯絡，因為修在美國有大好前途，不會搬去亞洲。

根據報紙徵人啟事，我到兩家在曼哈頓的事務所應徵。一家的合夥律師表示，我在臺灣出生長大，不是他們要找的真正中國律師。在美國的一個中國政策下，宣稱「臺灣是中國的一部分」，怎麼又嫌我不夠中國？另一家更誇張，面談的律師說，如果我能保證一年帶兩百萬美金的生意，他就會僱用我，這真是天方夜譚，即便本土的新進律師都不可能有此能耐。如果我有這種本事，早就自己開業，哪需要來求職？他還叫我寫下手邊的客戶名單供他參考，簡直把人當白痴，只好跟他握手謝謝才脫身。

修知道後安慰我，不要氣餒繼續找，適合的工作很快會出現。我知道他立意良善，但是心靈雞湯喝久了也是會膩的。

有一天，一個獵人頭顧問打電話來，介紹一份美國事務所香港分所的律師職位，年薪十二萬美金，外加房屋津貼和機票。我很驚訝，她是如何找到我？她說經由中華商會介紹。想到薪水是我現在的四倍，我好奇想嘗試。由於人事處經理麥德玲時時監控我的去向，請假困難，我只好趁午休時間到位於第五街的獵人頭公司，和香港分所的兩位律師越洋電話交談，不到兩個禮拜，這家國際律師事務所就決定簽約僱用我。

聽到香港的事務所肯定我的才能，心中歡欣鼓舞，但是我的親人朋友在臺灣，跑到香港做什麼呢？不可諱言，這份工作薪資豐厚，加上其它福利，甚至是修薪水的兩倍。我可以充分發展雙語優點，開發保有自身的客戶，不用擔心志氣被消磨在積滿灰塵的檔案室，不用在謊言中生活，還可以驕傲地遞出律師的名片。可是我問過修有關遠距離的愛情，他說無法接受這種飄渺不定的關係。考慮再三，只好忍痛拒絕香港的工作。我勉勵自己，保持信心，辛苦過的汗不會白流。

在檔案室工作大半年，麥德玲突然宣布，公司法部門僱用了新助理，非裔的黛絲特妮。我很驚訝，近來公司工作量減少，竟然還僱新人，該不會是要換掉我吧！我問同事艾美這位包打聽的能人，艾美說大型事務所必須應付職場多元化的議題，但上頭長官不願意僱用少數族裔的律師，因此黑人助理是折衷後的結果。

三天後，黛絲特妮竟然也來跟我一起整理陳年舊案，我很高興有人作伴，因為我的貴人潔西卡離職後，跑腿小弟喬也走了。後來才知道，有人向外包的管理公司告狀，喬用影印機印樂透獎券，屬於非公務使用，因此他被調離到別家事務所，就連說再見的機會都沒有。我很難過，喬是受到我的牽連，在辦公室誰沒用過影印機印幾張私人的東西，這算什麼莫須有的罪名？可惜我人微言輕，無法替他伸張正義。

不到兩個月，黛絲特妮打算辭職。我問她為什麼？她表示整理檔案的任務和應徵時所談的內容毫不相關，雖然事務所付她一年五萬，但她的前途會被無趣的雜務所毀滅，她不想浪費自己花一年半苦讀得來的法律助理證書。她甚至為我打抱不平，覺得事務所讓有執照的律師蹲在檔案室，根本是糟蹋人，並勸我跟她一起換工作。我答謝她的好意，找她吃一頓歡送午餐，她開心地接受，對我說不要因為命運的捉弄，看低自己而喪志，不然對不起她的名字，Destiny。

我們倆相視而笑。我內心羨慕她可以自由轉換工作，因為她不知道，沒有新的工作簽證，我哪兒也去不了。

黛絲特妮離職後，偌大檔案室顯得更加冷清，我連說話的對象都沒有。每天猶如行屍走肉，收拾滿地凌亂的檔案，不禁悲從中來，默默流淚，悼念埋葬的青春，胃不自覺地糾結，感覺胃酸緩緩升起，腐蝕五臟六腑，凝結喉頭，頭暈目眩，有苦吐不出。我時常感到飢餓，可是吃了兩口三明治，又覺得噁心想吐，彷彿憂鬱的惡魔，不斷阻止我享受人生僅存吃食的樂趣，好一個求生不得、求死不能。

我對修抱怨我的胃痛，希望能獲得他的關注。他打開電視，看著螢光幕，隨口一句：「我又不是醫生，怎麼知道你哪裡有問題？」我回他，我可能快死了。修說我胡說八道，有病去看醫師，不要鬧。他將雙腳蹺在咖啡桌上，拿著遙控器開始轉台找節目。

修和我之間無形的牆越築越高，雖然我們同居不過兩年，彼此間的互動，卻像結婚二十年的老夫婦一樣，慣性而無趣。我知道他被工作壓得喘不過氣，怎能期盼他為我著想？不久前，修曾在公司電梯裡因貧血而昏倒，後來我打電話到他的辦公室，他的祕書問起修恢復狀況時，我才知道有這回事。律師真不是人幹的。

此刻的我好想念家鄉的一切。當我生病時，母親會熬地瓜雞絲粥讓我進補，姊姊會說笑話逗我開心，已回臺北的孫醫師應能隔空開藥，減輕我的疼痛吧。想到孫醫師以賀年為由，跨海請人送花到我辦公室，驚喜之餘，我只有安靜地收下。同事艾美以為是修送的，對我說，雖然史東不是好東西，沒想到他兒子還挺專情，要我好好把握，不要受旁人影響。我勉強附和艾美，修的確是眾人稱許的好人，動搖的該是我這個壞人。

記得當年在 UCLA 念書時，修也曾在情人節送過花，自從我們同居後，一切從簡，只剩一張卡片。看著桌上紅豔欲滴的玫瑰花，不禁在想，誰才是我的 Mr. Right ？我該把幸福寄託在找到一個對的人，還是反省自己內心真正的需求？愛情的樣子到底是什麼？因為現實人生中，沒有愛情是永恆不變，哪種選擇才是正確的？

尤其是幾天前，姊姊告訴我，奶奶宣布，現在開始不再負擔小弟醫學院的學費，要父母想辦法，這是我滯留在美國所造成的影響。罪惡感如影隨形，住在心中的惡魔，侵犯我的身體，讓人夜不成眠。最後我受不了，請假去看家庭醫生，他開制酸劑，轉介我去做血液檢測，胸部X光和胃鏡。

醫師在我喉頭噴灑局部麻藥，將一根細長的管子從我嘴裡伸進去，我不停反胃嘔吐，心想如果小美人魚做胃鏡，恐怕連殺王子的心都生出來了吧！胃鏡做完後，我的嗓子沙啞，吃了兩週的胃藥，症狀沒有改善。回診時，家庭醫生看完檢驗報告，問我從事的職業？我表示自己是律師。他說他的妻子也是律師，接著問我的人生目標是什麼？我回答糊口度日，心想這和胃痛有何關係？

家庭醫生表示報告沒問題，既然胃藥沒用，那麼他懷疑和情緒壓力有關。我反問他，誰沒壓力，知道又能如何？他神祕地笑了笑，在處方箋上快速書寫。他說，這是一個心理諮商師的電話，他妻子的律師同行們，都得到很好的效果，建議我去試試。

我好尷尬，難道他覺得我瘋了嗎？拿我卑微的薪水付給心理諮商師，然後繼續在令人討厭的地方工作，這不是本末倒置嗎？我大步離開診所，發誓再也不去看這個庸醫，真是花錢找罪受。

回到辦公室，同事艾美說合夥律師迪克找我。說實話，我懷疑迪克就是背後告狀調離喬的人，因為祕書蘇珊的影響力還沒大到左右人事管理，可是再怎麼討厭他，也要裝恭敬地跟他周旋。我走進迪克的辦公室，他正在打電腦，頭抬起來問我，是否喜歡他的新電腦？瞥看他的辦公桌，我回答非常好，心中猶疑他幫我申請的電腦在哪裡呢？

迪克開心地說：「我也這麼覺得，其實這是我原先幫你申請的那台電腦，後來我想你也不是時時刻刻在寫中文，所以乾脆換成我的電腦。你可以把中文軟體裝在這裡，我下班後，你再過來使用如何？」

天底下還有這麼無恥的人嗎？難怪英文本名叫理察的暱稱是迪克（dick），dick的另一個意思是雞歪。我氣得胃酸如同火山爆發，一路燃燒至胸口，痛到不能多忍耐一分鐘。強迫自己微笑回答，是呀，你應該留著新電腦。

「很高興我們想法一致，什麼時候能安排我和中國的工商團體聚會？」

「快了。」

我不能再留在這個吃人的地方，壓力如同暴雨環伺，連邁步向前都有困難，可是我不能停歇，只能繼續走，因為沒人會同情我。如果需要花錢去做心理治療，以解決胃痛的問題，那該是我離開不友善環境的預兆。

我坐在自己的辦公椅，忍著劇烈偏頭痛，開始寫辭呈，列印出來後，交給人事處經理麥德玲。她毫無懸念地收下，彷彿等到我的自動離職，終於鬆了一口氣。她關心地問，決定回臺灣了？我點點頭。

「太好了，妳父母一定很開心，我們都會想念妳。」她查看電腦資料說：「現在是一九九五年二月，妳沒有累積任何假期時數，因此先前請的病假，從未發放的薪水中扣除，到三月底才能離職，不然得先賠錢。」本以為一年有五天的病假，沒想到工作每滿一年才累積，這個月的薪水不夠扣，還得白做到下個月。算了，這個老狐狸，臨走前總要踹我一腳才甘願。

回到自己的辦公室，我開始收拾所有物。神奇的是，我的胃酸竟然平靜下來，頭痛也消失了。自我慶祝，泡杯綠茶，吃著外賣中餐留下來的幸運餅，再也不必擔憂有人怪罪我吃東西的味道。想到合夥律師茹絲的養女蘇，在她的公寓做牛做馬，我替我的不作為感到羞恥。如今我誰也不用怕，轉頭寫封匿名信，偷偷寄給警局、社會局和勞工局，期盼蘇獲得救贖，就像我現在一樣。

這時電話突然響起，來電顯示區域號碼是203，誰從康乃狄克州打來？除了麥德玲，我尚未通知任何人辭職的消息，迷惑的我接起電話。

「賈姬，我是貝蒂，修的母親。」

「哈囉，妳好嗎？」心想要糾正幾遍，你的貓才叫賈姬。
「一切都好，直到剛才史東告訴我，妳要離職。」
「沒錯。」我無意識的用手指纏繞著聽筒的電話線。
「妳怎麼有膽，從我身邊奪走我兒子去中國？你不能這樣做。」
「誰說修要去中國？我家在臺灣。」
「沒有妳，修不會待在紐約。離婚時，我失去他，因為妳，我又再失去他一次。」
貝蒂高亢急促的謾罵聲，像一連串鞭炮爆發轟炸，我連找掩護的機會都沒有，只好大聲回應：「我的辭職和修毫無關係，畢竟工作兩年，是時候向前行了。放心，我會和修分手，你兒子是自由身，愛去哪兒就去哪兒。」
「騙子！妳這麼做純粹是報復，妳不喜歡查德和我，所以千方百計想把修帶離我們身邊。」
我的耐性用盡，不想再跟她囉嗦。「修有個人意志，我無法控制他，妳也不能。我只想照顧自己，他不再是我的課題。」
「妳怎麼敢講這種話？史東給妳工作，我在妳無處可歸時收留妳，現在翅膀硬了，不爽就走人。難怪史東看不上妳，像妳這樣的貨色，一輩子休想成功，妳這個忘恩負義的小賤人！」

奶奶曾說過，有人只要施恩一次，你就欠他一輩子。所以她通常賄賂小官員，若干年後，等他們晉升為部門主管時，就會覺得有義務報答奶奶的要求。此刻算是我回報凱勒家族，不和他們一般見識。

「你說得對，千錯萬錯都是我的錯，很抱歉，讓你失望。我離開後，你可以替修找你滿意的女友。對不起，我有插撥，再見。」我接起第二線的電話。

「莉莉安，我是修的繼母，黛比。」

哇！今天開年度檢討大會嗎？平時不聯絡的人紛紛打來。

「聽說你要離職，我想提醒你，不要找史東說三道四，畢竟他為你盡過力。如果你有點良心，就要懂得感恩。」

「是的，我感恩，謝謝你們的幫助。別擔心，我不會打擾史東，祝你全家幸福快樂。」我掛斷電話。

明知秀才遇到兵，有理說不清，可是心中一陣悶痛，咬牙切齒，想怒吼出心中抑壓的怨氣。我不是過街老鼠，這些女人幹嘛非要除之而後快？最初沒想到辭職後跟修分手，經過貝蒂和黛比的耳提面命，才發現分手成為必要之惡。本以為西方國家比較沒有婆媳問題，然而現實軌道出乎想像，原來無關族裔，一切都來自人性。兩個充滿不安全感的女人，沒本事管住自家男人，卻來為難我，把我當成軟柿子。三個女人一台戲，可嘆人生無法回到初相見。心裡默念，囂張沒有落魄的久，風水輪流轉，大家走著瞧。

修是個善良的人，但是我們的愛，敵不過我在紐約所面臨的困難處境，我再也不願跟凱勒家族的成員有交集。在做出令自己後悔的事之前，是該道別的時候。

當我傍晚回家時，街上的空氣依舊潮濕而冰涼，但我內心有種如釋重負的喜悅，終於可以離開凍人的紐約，迎向新的未來。踩著輕快的腳步，說服自己換個環境，有無限的可能，只是遺憾過往的尋尋覓覓，卻是落得一身的冷冷清清。環顧公寓一圈，發現室內大部分的東西都不屬於我，我僅有一卡皮箱，幾套衣服和修送我的雪花玻璃球，其他家具和電器用品都是修買的，連租約都在他的名下。這似乎是冥冥中的注定，叫我不必有任何依戀。往好處想，我們毋需為財產分配而爭吵。

我煮好晚飯，等修回家。沒想到七點一到，修竟然比平時早踏入家門，他看起來蒼白而疲倦。我從電鍋裡盛出熱騰騰的白飯，打開炒好的菜的蓋子。先吃飯吧，我說。

修和我安靜吃飯，聽見彼此咀嚼的聲音，填滿這靜寂的空間。我邊吃邊想待會兒的開場白，不小心咬到口腔內壁兩次，算是人生大事的疼痛紀念。二十分鐘後，我將碗盤清理乾淨。修和我同坐在客廳的沙發上，我感覺到他的體溫，思考如何告訴他壞消息。

「想跟我說什麼嗎？」修帶著探詢的口吻。

這問話卻讓我回想起貝蒂說過的話，心像被針刺了一下，身子不由一顫，腦袋倏地清醒，我挪動身體離修遠一點。「你媽已經跟你提過了。」

「嗯，她很難過，可是我要聽你親口說。」修的眼神從我身上飄過，轉而凝視沙發前的那張四百美元的茶几。之前的舊茶几是修和我從跳蚤市場一起淘來，可是貝蒂堅持帶修去買一張丹麥設計師的咖啡桌，等我外出回家，舊茶几已經丟掉了。原來這是一個凱勒家族，蓄意破壞我和修共享世界的實證案例下的產物。

「我今天辭職，要搬回臺灣。」

修牽起我的手，看著我說：「我知道你在公司不開心，但是你不需要搬走，我可以養你，再繼續找別的工作。如果你想結婚，我可以娶你。」

誰喜歡施捨性的婚姻？靠人養寄人籬下的生活，我已經受夠了。我猛力搖頭，將手抽回來。「你不懂，這城市不適合我，天氣壞，人情惡，連這間公寓都是空洞沒溫度。」

修的表情呆滯，臉上肌肉一絲顫抖，曝露他的悲傷。「我愛你，你怎麼能和我分手呢？」

我盯著地板，避開他的痛苦目光。「跟著你來紐約快三年，正如我所說，你是個很棒的人，但是我不適應這個環境，相信我，我努力過。」

「很抱歉，我不知道對你而言，日子是如此艱難。」修的聲音乾澀而低啞，帶著濃得化不開的無奈，眼淚滑下他的臉龐。他轉頭擦乾眼淚，試著堅強，可是眼裡的憂傷洩漏他的心情。

我看著他額頭旁，兩鬢灰白的頭髮，驚覺何時歲月催人老？把三十歲的他折磨成這副模樣。「這不是你的錯，只怪我不夠好，無法在這城市生存。我們的愛被消磨成苦，自苦轉怒，怒而生怨，這股怨氣最終擊敗我們。」我沒由來地暴哭，心碎成千萬片，眼前模糊朦朧，看不清楚人世間的愛恨別離。過往多少的委屈痛楚，不能明哭，只有暗自啜泣。積壓太久，現今的淚水如山崩潰堤般止不住，嘴裡嗚咽著，再也說不出話來。

原以為早做好分手的準備，沒想到面對現實的一刻，還是控制不住自己的情緒。我覺得好孤寂，好迷失，這是最好的決定嗎？心中陡然生出一股難以抵擋的哀傷，揉斷心肺，鼻子酸澀，喉嚨像被什麼東西堵住一樣難受。鹹鹹的淚水順著臉頰流進嘴裡，帶走所有的知覺情感。世事一場大夢，人生幾度秋涼。為什麼相愛的人無法相守，只剩留待他年說夢痕？

修緊緊地擁抱我，直到我的淚水停止。痛到極致，我忽然有些想笑，睜大雙眼，掙扎推開修，無神地看著他。他悲傷地坐了一會，兩眼發紅，臉色慘白，眼睛裡失去平時的溫潤明亮，變成像死水般的停滯憂鬱，整個人變得呆呆的，最後開口道，你自由了。

「為你著想，我不要拖著不放手，你從紐約直接回臺灣嗎？」

我嚥下心裡的悲戚，牽動嘴角，擠出一絲笑容。「不是，蘇菲亞邀請我，先去洛杉磯拜訪兩星期。」

「好，你該去度假，留下她的住址，我會把郵件轉寄給你。如果有其他需要，請通知我。」

我故作輕鬆點點頭，若不能相濡以沫，不如相忘於江湖。「謝謝你。至少我的結局，不像小美人魚，變成海上的泡沫。」

「你還相信童話故事？」

我直視修溢滿悲情的深藍色眼眸。「再也不會了。」

第十八章

問情何物生死間

唯有活著，愛與不愛都可以重新來過

洛杉磯 一九九五年四月

陽光。

從洛杉磯國際機場大廳，踏出大門的一刻，金絲閃閃的光線，從頭到腳環繞著我。四月暖暖的陽光，浸潤我的身體，撫慰我的心靈。UCLA 校友吳鯨來接機，他邊開車馳騁，邊說孫醫師詢問我打算何時回臺北。

我輕笑地說，等回到臺灣的家時就會打給他，現在先讓我好好享受南加州之旅，我問吳鯨是否還在追求蘇菲亞。

吳鯨聳聳眉頭說，蘇菲亞回到前男友的懷抱，他自己也有了新對象。

我回答：「真好，為你高興，天涯何處無芳草。」我們轉換話題聊，這樣不用解釋我為何離開紐約，畢竟吳鯨並不知曉修的存在。

一想到回臺灣，不自覺地興奮起來，三年沒見到父母了。上個月我打電話回家，姊姊說跟公司的同事交往已三個月，對方向她求婚。我開心地問她喜歡那個男子嗎？

「還可以，沒得挑，奶奶堅持是我嫁人的時候。」

「怎麼可以嫁個你尚未真正了解的人？」

「婚姻是一場賭注，我的時辰已到。」

「如果不想嫁，不要嫁，我可以幫你。」

「男大當婚，女大當嫁，社會壓力難以抗拒，別無他法。」

姊姊的答案讓我很難過，我好天真，自以為可以改變華人社會對女性的傳統觀點。我甚至不知道回臺灣後，奶奶會叫我去做什麼樣的工作，不過我知道，我是不會輕易屈服的。

沒過幾天，孫醫師從臺灣打電話來，原來吳鯨已將蘇菲亞的號碼給他。孫醫師欣喜地表示歡迎我回國，他要開車到桃園機場去接我。聽到他在話筒另一端雀躍愉快的語氣，不忍心澆他冷水，於是告訴他航班訊息。其實我不確定，心中真的準備好開始另一段新的戀情，但是孫醫師誠懇的態度說服了我，順其自然吧，誰知道我們之間是否會擦出火花？

凡事都有兩面性，每次只能選擇一邊，無法預知結局。既然如此，我決定將這事拋在腦後，趁最後兩天的假期，大肆採購回臺送親朋好友的禮物。當天下午在購物中心時，天空突然下起大雨，烏雲密布，雷聲隆隆，這天氣對四月下旬的洛杉磯而言，超乎尋常。於是拎著兩大袋戰利品，急忙跳上巴士，趕回蘇菲亞的家，

一開大門，一股熟悉的聲音從廚房傳來，聽見自己的心跳聲開始急促，其他的俗事瞬間消失不見，連窗外的雨和手上沉重濕透的袋子都不再重要。這不可能是真的，但是他就在那裡。修坐在餐廳的餐椅上，他穿的白襯衫和藍色牛仔褲已濕透，正用毛巾擦著頭髮。他看起來消瘦而泛白，轉過頭對我露出一抹輕淺笑容。那一笑，拂去風雨，那一笑，照亮陰霾，那一笑，溫暖春寒。我內心裡有百萬個疑問，先從他為什麼出現開始。

「你總算到家了。」蘇菲亞穿著凱蒂貓的圍裙，手中拿著鍋鏟，從廚房探頭出來。蘇菲亞勸我去跟修聊聊，畢竟人家專程從東岸飛到西岸，又在雨中徘徊許久。我回答，有什麼好說，我不可能回去紐約。蘇菲亞說先聽他怎麼說再決定。

我隨手泡杯綠茶給修，他慢慢地喝著，臉上浮現一絲血色。我問他還好嗎？

修用手順下他削短的頭髮，給我一個溫柔至極的表情。「我想你，已經提出轉換分所的請求，如果沒轉成，另外再找工作。」

「你不管你父母啦？貝蒂氣我把你拐去中國。」

「他們的廢話對我無關緊要，這一次只有你和我，我們結婚吧，你不會再有工作簽證的問題。」

「太遲了，我爸媽正期盼我回家，我不想又讓他們失望。」

蘇菲亞將菜端到餐桌上。「吃飯皇帝大，我知道你們還有很多事要聊，不過再重要的談判，總要穿插中場休息時間。」

吃完晚飯後，修表示要出去找飯店，晚一點再打電話給我。我知道應該讓修離開，但他看起來像是隨時會昏倒的樣子，外面天黑還下著大雨，在這樣的情況下，到處開車找旅館是很危險的。我上樓去問蘇菲亞，讓修在這裡待一晚，蘇菲亞欣然同意，因為她也覺得修好像生病的模樣，既然來者是客，她希望我能善待修。

蘇菲亞的客廳被房東當儲藏室而上鎖，沒有沙發可以讓修睡，我告訴修去睡我房間的單人床墊，自己則跟蘇菲亞借了露營睡袋。修梳洗過後，立刻躺下。我聽著窗外滴答的雨聲，看著修熟睡的面容，想著如果復合，會再度傷害我的父母，更何況我不想再面對凱勒家族的酸言酸語，分開是最好的選擇。

漫漫長夜，雨水終於在黎明前停止。我清醒時是早上八點半，蘇菲亞已經出門去UCLA上課。修全身包裹在棉被中，躺在鋪地的床墊上，一動不動像個蠶繭。我輕觸他的肩膀，喊他起床，但是他沒有反應，滿臉潮紅，緊閉雙眼，臉上肌肉微微抽筋，我用手心摸他的額頭，溫度高得驚人，大聲喊他的名字，他勉強睜眼又迅速閉上。我用力搖他的肩膀，問他是否聽到我的呼喊，修呢喃幾聲卻醒不過來。我不能讓他發著高燒繼續睡，只好打９１１求救。

半個小時後，兩個救護員到達，我對他們講述修的狀況，救護員開始量他的心跳和血壓。

一位救護員問：「凱勒先生，聽見我說話嗎？」

修嘟囔幾聲沒睜開眼，救護員再問幾次，拍打修的臉，試圖叫醒他。修勉強睜眼，應一聲又閉上。

救護員繼續問：「凱勒先生，你還好嗎？」

「頭痛，我、很、好。」修斷斷續續地冒出幾個字。

另一位救護員聞言對我說，你男友看起來沒問題，他大概是犯懶不想上班，我們不能載他去急診。可是他在發燒，該怎麼辦？我問。兩個救護員收拾他們的設備，給我一張黃色便利貼，上面寫著一串號碼，跟我說，如果還擔心，請找私人救護車送他去醫院。

看著救護員檢查沒兩下，便判定修沒病而匆匆離去，我驚訝得不知該如何是好。私人救護車是白搞，因為修的健保不會給付這樣的費用。修本身討厭看醫生，他的反應通常都是還好，不用找醫生。可是和他認識這麼久，如果不是病況嚴重，我從未看他早上爬不起來，即便前晚工作只睡一個小時。

由於修的狀況不明顯，我怕去醫院急診處要等到天昏地暗，決定自己帶他去看醫生。從他的皮夾中找出健保卡，打電話問保險公司，洛杉磯附近可以看的家醫科醫師的地址。我用手臂環抱住修的後背，試過幾次，終於把修從床墊上撐起來。他在半昏半醒的狀態下，我扶著他行走，不停地跟他說話，讓他保持清醒。

不曉得自己是如何做到，把修塞進他的租賃車的乘客座位上。雖然兩年前猶他州的車禍，造成我對開車的恐懼感，但是現實不容退怯，於是我開車到聖塔莫尼卡（Santa Monica）附近的家庭診所。一到診所的會客廳，我們是第一位到達的患者，護理師喊著修的名字，我扶著修進去診間，在診療檯上躺下，我解釋修的狀況後，護理師請我到外面大廳等待。

半小時後，護理師出來告訴我，修可以回去了。

「他生什麼病？」我邊問，邊隨著護理員走進診間。

護理師翻著病歷說，修得了流感，經醫生打了止痛針，回家多休息多喝水就好。

我站在診療室門口，看到修不安地平躺在檯上，數度掙扎起身卻失敗，他如何回家呢？我對護理師表示，需要跟醫師討論病情，修這個樣子不能離開。護理師叫我等一會，因為醫師正在看其他病患。

我倚靠著門口，心中猜想何時醫生才有空過來。不到一分鐘，診療室發出一陣巨響，修的身體急遽扭動，彷彿電流通過他的軀體，雙腳在半空中亂踢，剎然間他一動也不動，就像殭屍片暫時停止呼吸，嚥下最後一口氣，結束了。我失聲尖叫，天呀！到底發生什麼事？

護理師趕快進來，檢查他的呼吸，隨後跑到走廊喊著：「醫生，救命！立刻！病人心臟停止，快來！」

彷彿有鬼掐著脖子，我難以呼吸。拜託，別死在我面前。從未預期修在三十歲的時候，生命戛然終止。他應該找到新女友，有成功的事業，結婚生子，從此過著幸福快樂的日子。這是分手後，我對他的祝願，我愛他，不想他死。是我改變小美人魚的結局所導致的嗎？因為我沒有成為海上的泡沫，所以我的王子就要消失不見？愈想愈可怕，無助和恐懼把我打擊到六神無主，這不是我預料的結局。如果修死了，他的父母會怪我一輩子，因為修是為我而來，這一切都不該發生。

五個醫生衝進診間圍成一團。幹！我的老天，怎麼了？其中一個醫生大叫。一位醫師檢查脈搏，一位開始在修的胸前按壓，執行心肺復甦術，另一位對他做口對口人工呼吸，一位壓著他的腿，一位按著他的手，我從沒見過如此混亂的場景。幾分鐘後，修如同小說科學怪人中的法蘭克斯坦般復活，他睜大眼睛，眼中無神，好像靈魂出竅，身體快速左右扭曲，像是電影大法師中被惡靈附身的人。他搖動得如此厲害，連檢查檯都被他的腳跟踢出陣陣響聲，醫師全部站在旁邊觀望。我真想大喊，你們為什麼不做點什麼？

終於，其中一名醫師對一旁嚇得呆若木雞的護理師說，馬上去叫救護車。

自從修發生車禍頸椎斷裂以來，我還沒如此恐懼過，因為至少上次他是清醒的，而這次截然不同。我的心跳加快，腎上腺素在血管大爆發，但是我的肌肉僵硬，甚至哭不出來，只能在腦海裡不斷禱告他平安。這一刻，我告訴自己，如果修活下來，我會嫁給他，我要告訴他，我有多愛他，我會好好珍惜相處的每分每秒。因為在死神面前，沒有任何事比活著更重要。原來上天從來是公平的，無論是令人艷羨的璧人，或是相看兩厭的怨偶，都逃不過生離死別。

穿著制服的救護人員很快到達，他們持續按壓修的胸部，讓修帶上氧氣罩，他們一停止按壓，修好像停止呼吸。一秒宛若一年，修的呼吸終於穩定下來，救護員將修綁上擔架推出診所。

「你是修的妻子嗎？」一位有著銀灰色頭髮，看似五六十歲的大夫，在救護員離開時問我。

「我是他的未婚妻，到底怎麼了？」我必須說謊，如果醫生知道我不過是前未婚妻，他不會告知修的病情。

「我是韋恩大夫，病患將送到對街的醫院。你的未婚夫，剛經歷過幾次心跳停止和癲癇大發作，我們稱作持續型癲癇，你可以去急診處等。」

我跑下樓到對面的醫院候診室，櫃檯人員拿了一堆表格叫我填，過了一小時，護理師問修的家屬在哪裡，需要辦理住院手續。我說修的家人在東岸，等到他們來，黃花菜都涼了。護理師對修的家屬不在感到失望，叫我快去聯絡，由於隱私權的規定，不能透漏病人的狀況，她走回急診處，入口的大門再度關上。

這道不鏽鋼大門，如同我在美國經歷的艱難所築成的牆，硬生生的擋在修和我之間。沮喪令人眼底發麻，消毒藥水味教人作嘔，為什麼不准我得知修的病況？我是唯一送他到醫院，照顧他的人。環顧四下尋找公用電話，一邊咬起指甲，離開紐約後，以為這輩子不必再跟凱勒家族的人說一句話，現在卻必須拜託他們來醫院。大廳的冷氣依然運轉，我的臉卻因緊張不安而發燙，靠在牆上一會兒，鼓起勇氣，撥下修母親貝蒂的號碼，電話響好久，她才接起來。

「貝蒂，我是莉莉安，很抱歉打擾你，修在急診中。」

「他還活著嗎？」

「我想是的，但他昏迷不醒，需要家屬辦理住院手續。」

「他為你跑去加州，你還有臉來找我？」貝蒂憤憤不平地說。

「我根本不曉得他會來，畢竟你是他的母親，他現在需要家屬來照顧他。」

電話那端不再出聲，我以為電話壞了，突然貝蒂大吼：「全都是你的錯，我兒子拋棄我，你要負起所有的責任，誰叫妳那麼任性，說走就走。他的命在上帝手中，我會為他祈禱，告訴修我愛他。他要是有個三長兩短，你給我走著瞧！明天記得再打來報告他的進展。」電話喀的一聲掛斷。

何時修變成我的責任，我不過是前女友，又不是我造成他生病。當年出車禍時，我付出代價，留在紐約照顧他，現今我們早就分手，怎麼又扯到我身上，感情債還不完？輕嘆一口氣，如果修發現滿嘴愛意的母親，不願意來醫院看他，會有多失望。

我接著打給修的父親史東，他的祕書瑪麗開心地跟我寒暄，她說史東正在拉斯維加斯（Las Vegas）出差，計畫拜訪查德幾天。原來兩個月前，史東替查德找到賭場法務的新工作，查德和寶拉已經定居在拉斯維加斯。瑪麗留下醫院的訊息和我的聯絡電話，如果史東打回辦公室，她會轉達修的狀況。從拉斯維加斯到洛杉磯，約莫四小時的車程，我希望史東快來幫助修。

瑪麗問我是否要通知修的繼母黛比？我立刻阻止，不要，千萬不要告訴她。我很脆弱，不想再聽黛比的冷嘲熱諷，指責我老是打擾她的丈夫。

我凝視公用電話，沉思還有誰可以幫忙？修的家人沒人會來，我必須想辦法了解修的病況，以便督促醫師的治療進展。我繼續在候診室等待，突然間看到韋恩大夫，在櫃檯另一邊講電話，悄悄地走過去站在一旁，直到電話結束，然後裝著不經意遇上。

「你好，我是修的未婚妻，修的父母無法趕來，可以聊聊他的情形嗎？」

韋恩大夫將手機放回胸前口袋。「當然。根據檢驗結果，你的未婚夫得了急性腦膜炎，病毒侵犯他的腦部，造成心臟停止和連串的抽搐。急診室醫師已經做過電腦斷層，注射抗癲癇藥物來穩定他的狀況。」

所以修不是得流感而是腦膜炎，如果我沒有堅持跟醫師對話，而是聽從醫囑帶他離開，導致修在蘇菲亞的家中停止呼吸心跳，那時該怎麼辦？等到救護車再來，修已經死透了吧。這算是醫療糾紛，不過此刻不是究責的時候，我還需要醫師的幫忙，而不是他的道歉或對他的懲罰。我問韋恩大夫，何時可以見修？韋恩大夫請我稍等，他走到櫃檯，拿起醫院的電話詢問。過後他說，修已經轉到加護病房，正等待神經內科醫師，他立刻帶我過去。

修緊閉雙眼，臉色黯黑，戴著氧氣罩，手臂接著點滴管，胸前有著無數的管線連接病床邊的監控器，奄奄一息地躺在床上。韋恩大夫解釋，修的生命跡象比較微弱，急診醫師已經注射止痛藥，減輕他的頭痛。此時另一位醫生走進來，說他是神經內科的米勒醫師。兩位醫師彼此交談一會，米勒醫師喊著修的名字好幾次，把他叫醒，簡單問些問題，並且檢查眼睛的動靜。最後米勒醫師說，修需要在醫院多待幾天觀察，如果晚上沒有嚴重的發作，明天有機會先轉到普通病房。

我問醫師：「腦膜炎康復後，他的癲癇還會發作嗎？」

「目前很難講，他的病有後遺症，例如癲癇、喪失記憶力、失去平衡感，更可能半身癱瘓，終其一生必須服用抗癲癇藥物，而且禁止開車。」米勒醫師陰沉地說著，快速記錄病歷。「能活下來算幸運，部分腦膜炎病患三天內就死亡。」

我皺起眉頭，修才三十歲，無法想像他失去記憶力，在未來的歲月裡，伴隨癲癇的煎熬。尤其是我們出過車禍後，我知道他有多不喜歡吃藥，最糟糕的是，他可能一輩子都不能開車。在美國，若不開車，如何過正常人的生活？他會需要許多照護。慘了，我明天肯定回不去臺灣。

我跟醫師道謝，坐在加護病房，多想如往日一樣呼喚修的名字，最後卻只能靜靜凝望著他。空氣中瀰漫的消毒藥水味、酒精味和刺鼻的化學藥劑味，使我焦躁不安。我的心跳重重地敲擊，焦慮造成我的腦袋短路，難以理性思考，只覺得恐懼、噁心和無助感滲透全身。我不是自願自發承受這一切，更不屬於擁抱危險樂於助人的英勇人物，但是眼前誰可以告訴我，該怎麼辦？除了堅強，沒有其他選擇，更不要提我和修之間，早就如臺語所說，田無溝，水無流。

下午四點五十分左右，護理師進來提醒我，非家屬的探病時間是九點至五點，請準備離開。我開車回蘇菲亞的地方，早餓得前胸貼後背，口乾舌燥，才想起一整天都沒吃東西。進門後，蘇菲亞已經做好晚飯，我快速解釋今天發生的一切，蘇菲亞立刻表示我和修想待多久都歡迎。我說要取消明天的班機，蘇菲亞問我是否打算和修復合。我不知道，但是修的家人不來照顧，我不能一走了之。蘇菲亞安慰我說，修非常愛我，如果我決定留下，一定會找到辦法。我聳聳肩，不知如何跟我父母解釋。蘇菲亞叫我別擔心，他們終究會諒解。

晚飯後，我打電話通知母親，決定在洛杉磯多待一陣子，因為有些工作機會突然出現。母親問我身上錢夠嗎？我叫她放心，她叫我好好照顧自己。我在心裡說聲對不起，希望父母能原諒我所做的決定。

我打電話給在臺北工作的孫醫師，告知飛行計畫的更動，他說任何時候都可以去接機，我不忍心給他錯誤的印象，感情的事最怕就是拖著。「你真是很好的對象，可惜相遇的時間不對，我們不能成為命定的兩人。」

「答應我，等你訂好回程機位通知我，我們可以是朋友。」

「謝謝。」這是我唯一能說出口的話。

人不風流枉少年，然而隨著通話結束，心的一角應聲斷落，隱隱作痛。春花秋月景依舊，歲歲年年，奈何落暮深處無歸人。世間萬物，往往陰錯陽差，有緣無分，只能說造化弄人，緣起緣滅。

第二天早上，我打電話到醫院，詢問修是否從加護病房轉到普通病房，總機小姐請我稍待，過一會一個暗沉沙啞的男聲接起電話。

我問：「請問修．凱勒先生在哪間病房？」

「凱勒先生？我的天呀，沒人告訴你，凱勒先生昨晚已經過世了。」

我的天，修竟然死了。我全身像遭閃電擊中顫抖不已，彷彿聽見脈搏在耳中跳動的聲音，額頭冷汗涔涔直流，不敢相信，昨天我離開時，他還活著。還沒機會告訴他，我有多愛他，他怎麼可以沒說再見就放手。一定是因為我不是家屬，所以醫院沒有通知我的義務。

如果我嫁給他，至少可以家屬的身分，盡其所能地照顧他，給他一個合適的葬禮。凱勒家族恐怕連葬禮都不會讓我參加，千金難買早知道，現在說什麼都來不及了。

我心中哽咽，眼淚滑落臉頰，手腳冰冷癱軟，坐在餐廳的椅子上，無法動彈，只能盯著白色的牆壁，腦中一片空白，因為命運的賭盤已開局，沒有挽回的餘地。我不知道握著聽筒多久，時間消失於無形，心裡哀悼修不該死。對我而言，像是人生道路的盡頭，因為我終於明白，當真愛永離時，金錢、名利和成就都無關緊要了。

電話另一頭的男子急切地問：「哈囉，哈囉，你還在聽嗎？」

情緒超載使我難以負荷，強烈的悲哀挖空心臟，剩下外殼碎成千千片，留下滿地灰燼。一陣頭暈目眩全身無力。「對不起，我要掛斷了。」

「等一下，別掛。」男子大聲阻止。「是我，修。」

「什麼？你沒死。」我驚叫，聽到修平常的聲音，我好像被球擊中。

「開開玩笑，不過好像不好笑。我以為你會立刻辨識出我的聲音。」

「真的一點都不好笑，可見得你已復原到可以對我惡作劇。」

「我道歉，不是故意要嚇你。真的，我想你曉得是我，我就是個傻瓜。」

「拜託下次別這樣，記得羅密歐和茱麗葉，千萬不要假死，我快要被你嚇出心臟病。」

「只是想開個玩笑，逗你開心，謝謝你送我到醫院。」

「現在覺得如何？」驚嚇過度，我不小心咬到嘴唇。

「比昨天好，半邊臉還是麻痺，但是頭比較不疼。你什麼時候來看我？」

「馬上來。」我整理修的衣物，帶上出門。

修在醫院住滿五天才出院，但是他非常虛弱，需要長期照護癲癇後遺症。修從醫院回到蘇菲亞住所的第三天時，史東、查德和寶拉由拉斯維加開車過來探望。史東問修感覺如何？修說還有些疼痛，正在應付中。查德說這絕對是醫療事故，修應該控告醫師索取金錢賠償，史東隨即附和，叫修往那方面去調查。我心想出張嘴真容易，你們都是律師，怎麼不替病人出頭？

查德問中午去哪吃，他快餓死了。史東建議去聖塔莫尼卡海邊的第三街廣場，查德和寶拉可以順道去逛街購物，寶拉開心地謝謝史東的貼心。

我聽完心中冒出一股無名火，修剛從死亡邊緣救回，脆弱地躺在床上，史東只想帶查德和他的妻子去觀光。我準備出口反對，修給我一個別計較的眼神，我扶他從床上起來，看著他蹣跚地爬上查德休旅車的後座。吃完午餐逛完街後，史東一行人揚長而去，沒人問我是否需要幫助。修回來後，累到躺在床墊上一動不動。我想他不願史東看見他脆弱的一面，有這樣的家人，算是倒了八輩子的霉，只能勸慰自己，西方文化個人主義盛行，日頭赤炎炎，隨人顧性命。

幾天後，繼母黛比打電話來表達關心，她問我手邊有錢嗎？我說修的戶頭裡應該有幾千元。黛比安慰地回應，那就好，因為他們剛整修廚房，手頭也很緊。既然我有他們的號碼，隨時可聯絡，他們會為我加油。

沒有金援，沒有人助，空洞的口號能當飯吃嗎？由於修需要長期療養，我們搬出蘇菲亞的地方，在西洛杉磯租了一間兩房的小公寓。我問修的母親能否來洛杉磯照顧修或是接他回康州？按常理，我離職後，原先的工作簽證就失效，需在六十天內自動離境。貝蒂表示最近接到一家大公司的醫藥文案計畫，不方便旅行，不過她覺得我的醫學常識匱乏，會寄關於癲癇的書給我，希望我學會如何正確地照顧病人。我收到三本跟磚頭一樣厚的書，讀過幾頁就放棄，因為愈了解就愈害怕，難怪凱勒家族的人對分擔照護的工作避而不談。

修出院三個月後，查德和寶拉的第一個小孩出生，貝蒂在飛去拉斯維加斯的途中，順道停靠洛杉磯一晚來探望修。

貝蒂說：「你好幸運，有女朋友照顧你，不像我都要靠自己。」

修回答：「媽，謝謝你來看我。」

修躺在沙發上，貝蒂俯身吻著他的前額。「可惜你搬到加州，離我太遙遠。」

「紐約生活太緊張，歡迎你隨時來拜訪我。」

「我知道，你愛你女朋友，勝過我這個老女人。」貝蒂邊說邊瞪著我。我低頭看著手錶，心中默數一到十，阻止自己一時衝動，說出的話讓修難做人。

修問：「你有什麼事想做嗎？」。

貝蒂回說：「我想先去 Bed Bath & Beyond 賣場購物。」

「莉莉安可以載你去，醫生不允許我開車。」

在購物中心，貝蒂買了一個床鋪軟墊和三個枕頭，準備在我們的客房過夜用。

「客房的床單和枕頭都是全新的，其實你真的不必再買。」我推著購物車跟在貝蒂身後。

貝蒂不屑地瞧著我。「那張床太硬，我的皮膚對聚酯纖維敏感，需要百分之百的埃及純棉。」

我點點頭，敬鬼神而遠之，不必多費唇舌。

「哪裡有賣衛生紙？」

「客房浴室洗手台下的櫃子裡，還有許多的衛生紙。」

貝蒂搖搖頭。「你家衛生紙太粗糙，那種貨是給監獄犯人用的。」

我默不作聲領著貝蒂去衛生紙陳列處，徹底放棄與她爭口舌之快。貝蒂開心地笑著，彷彿打了一場勝仗。

生活用品買完後，貝蒂悠閒地走過各個展示櫃，毫無目的瀏覽，我問貝蒂晚上想吃什麼？

「炸魚和薯片、炸洋蔥圈和健怡可樂。對了，你怎麼能天天吃米飯呢？一點滋味都

餓了。」

「沒有。」

為了遏止內心的憎厭，早點結束相處的時光，我假裝看著手錶的時間，心中用英文默數一到十，再用中文默數一到十。「回家的路上，我們應該順便到速食店，修大概也餓了。」

「對喔！我們現在就走，我不想讓我親愛的兒子等。」貝蒂快速地前往櫃檯結帳。

修自生病以來，無法工作，史東和貝蒂沒有提供任何實質性的幫助。修仍然遭受健忘和癲癇之苦，可是他咬著牙竟然通過加州律師考試，在病後的第四個月，回到洛杉磯的分所上班。我也開始做國際貿易，從美國加州和西班牙外銷葡萄酒到亞洲。

一九九六年的一月，修和我決定結婚。我唯一的要求是法院登記前不告知凱勒家族我們結婚的日期，因為我不想從他們身上接收不愉快的能量，更別提我們沒錢辦讓凱勒家族滿意的婚禮。修勉強同意，我也沒告訴臺灣家人我結婚的事。愛與家庭責任的分際是如此困難，我正在學習為自己的人生負責，希望父母能明瞭我沒有拋棄他們，子女終究要離巢過獨立的生活。

蘇菲亞和我到比佛利山莊購物街尋找婚紗，我對花一百二十美元買件白色雪紡洋裝，猶豫不決。回到公寓後，修跟我說他的母親今天打電話到公司，下星期五要開白內障手術，叫修飛回康州去照顧她。我問為什麼不叫你哥哩？貝蒂說查德忙著照料他的新生女兒。

「下星期五也是法院事務員指派的結婚儀式日。」我能體會一個病人去醫院時，身旁沒有家人是多麼無助，可是修仍在服用有許多副作用的高劑量抗癲癇藥物，他的健康還沒好到可以坐飛機旅行。一想到此令人生氣，如果修選擇去幫忙貝蒂，我不確定，這婚到底還要不要結。

「我知道，親愛的，放輕鬆。我已經告知我媽去僱用看護，我們按原定計畫結婚。」

「你確定？貝蒂一定會懷恨在心。」

「那是她的問題，不關我們的事。讓我們專注在婚禮上，以後再來面對她。」

「如果你真的想去，乾脆取消登記吧。」

修給我一個緊緊的擁抱。「我知道以前把你和我原生家庭間的關係，搞得亂七八糟，但是請信任我，我正在學習不讓父母杵在我們中間。」

是呀，我們都需要學習如何克服，在人煙稀少之境行走時所遭遇的挑戰，畢竟人生如逆旅，我亦是行人。跨族裔的婚姻從來不是一路順遂，沒有經歷風吹雨打，小樹無法茁壯。修和我遭遇過去幾年起起伏伏，體會到對彼此的重要性，我們都在人生路上跌跌撞撞，何其有幸能共同攜手面對未知的將來。

問世間，情是何物，直叫生死相許。愛的力量，永燃不滅，因為真愛戰勝一切。雖然生命充滿荊棘和變數，但我相信自己有足夠的勇氣，一步一腳印，踏平顛簸危險的路障。如同小美人魚一樣，追尋真愛不留遺憾。

國家圖書館出版品預行編目資料

美人魚的逆襲時代／張祝萍著. --初版.--臺中市：白象文化事業有限公司，2021.6
面； 公分
ISBN 978-986-5488-61-1（平裝）

863.57　　110007405

美人魚的逆襲時代

作　　者　張祝萍
校　　對　張祝萍
專案主編　林榮威
出版編印　林榮威、陳逸儒、黃麗穎
設計創意　張禮南、何佳諠
經銷推廣　李莉吟、莊博亞、劉育姍、李如玉
經紀企劃　張輝潭、徐錦淳、洪怡欣、黃姿虹
營運管理　林金郎、曾千熏
發 行 人　張輝潭
出版發行　白象文化事業有限公司
412台中市大里區科技路1號8樓之2（台中軟體園區）
出版專線：（04）2496-5995　傳真：（04）2496-9901
401台中市東區和平街228巷44號（經銷部）
購書專線：（04）2220-8589　傳真：（04）2220-8505
印　　刷　基盛印刷工場
初版一刷　2021年6月
定　　價　380元